I0634972

# CAMPAGNES

## DE

# L'ABBÉ POULET,

## EN ESPAGNE,

PENDANT LES ANNÉES 1809, 1810 et 1811;

## PUBLIÉES

# PAR J.-B. PICQUENARD.

---

Jamais nous ne verrions briller un jour serein ;
Toujours par la douleur l'ame serait flétrie,
Si l'amour ne venait consoler notre vie
Et semer quelques fleurs sur ce triste chemin;

FLORIAN.

---

 TOME CINQUIÈME.

---

## A BREST,

CHEZ MICHEL, IMPRIMEUR DU ROI,

ET LIBRAIRE.

1816.

# CAMPAGNES

## DE

# L'ABBÉ POULET,

## EN ESPAGNE.

## CHAPITRE XXXI.

---

*Maladie et ses Effets.*

---

Dona Inès, depuis le départ de Jules, avait éprouvé une révolution nouvelle dans son caractère. Ce n'était plus l'étourdie, la gaie, la folle Inès: elle était peu à peu tombée dans une mélancolie profonde qui semblait de jour en jour prendre un caractère

plus alarmant pour sa famille. On s'é-
tait imaginé d'abord que les malheurs
et les pertes qu'avait éprouvés son
oncle avaient en partie causé cette
altération dans son humeur. En effet,
Don Romualdo avait eu le chagrin
d'apprendre que plusieurs de ses
fermes avaient été incendiées, que
les fermiers s'étaient rangés dans le
parti de l'insurrection : il venait cependant d'être soumis à une taxe de
guerre exorbitante, et comme s'il
eût conservé l'intégralité de ses re-
venus. Les couvens d'hommes, par
leur suppression et la confiscation
de leurs biens, déclarés nationaux,
avaient réduit à la misère une foule
de moines déjà vieux et infirmes,
leurs amis, à qui ils s'empressaient
de donner des secours ; les faibles
pensions qui leur avaient été allouées
n'ayant été payées que les premiers
mois.

Une liste de proscription, dite liste d'émigrés, avait été formée par ordre du Roi; plusieurs de leurs anciennes connaissances, qui étaient réduites à la mendicité par la confiscation de leurs propriétés, s'y trouvaient également comprises.

Des milliers de pauvres, autrefois nourris par les couvens, et réfugiés des campagnes, devenues désertes, dans la ville de Madrid, offraient chaque jour à l'œil des habitans, chargés de pourvoir par des aumônes à leurs principaux besoins, un spectacle hideux de misère et de mort; les hospices civils ne pouvaient plus suffire à recevoir les malades.

La rareté et l'excessive cherté des vivres, et principalement du pain, réduisaient chaque jour à périr de famine un certain nombre de vieillards, de femmes et d'enfans dont on trouvait le matin, dans les rues, les cadavres étendus le long des maisons.

Le Roi, malgré la conquête de l'Andalousie qui lui rapportait peu de chose, obligé de recourir à une foule de moyens immoraux et vexatoires, pour se procurer des ressources, mettait publiquement en ferme réglée les jeux de hasard (1), vendait le mobilier de la couronne, et introduisait dans sa capitale une anarchie et une démoralisation qui amenaient chaque jour les scènes les plus affligeantes et les plus scandaleuses. Tous ces malheurs publics et particuliers étaient plus que suf-

---

(1) Les ministres du Roi, chargés d'affermer ces jeux, eurent l'infamie d'en casser plusieurs fois les baux, parce que de nouvelles compagnies venaient, après l'adjudication, faire des offres plus considérables. Il y eut des réclamations si violentes que l'on craignit qu'elles ne vinssent aux oreilles du frère du Roi. On les étouffa en emprisonnant et menaçant de mort leurs auteurs.

fisans pour dégoûter Don Romualdo
et son épouse d'un séjour qui devenait de plus en plus inhabitable;
mais comment quitter Madrid ? à
qui confier la direction des biens
qu'on y possédait ? quelle province
offrait un asile plus favorable ? La
difficulté de parer à ces inconvéniens
plongeait cette famille dans la plus
profonde tristesse, lorsque le père
Don Pedro, ancien procureur de son
couvent, versé dans les détails de
l'administration, vint leur offrir ses
services, en leur conseillant de se
retirer en France, comme la seule
partie de l'Europe où l'on pouvait
encore trouver le repos et un climat
agréable. Enchantés d'une telle offre
de la part d'un homme qui possédait
toute leur confiance et qui, par la
seule influence de son caractère,
pouvait mieux que personne con-
courir à la conservation de leurs

propriétés, ils résolurent d'aller se fixer à Marseille, autant attirés dans cette ville par la douceur de sa température que par le séjour qu'y faisait alors leur ancien monarque, dont ils semblaient par là vouloir partager la captivité. Ils firent tous leurs préparatifs de départ ; mais au moment de se mettre en route, l'état de la santé de leur nièce s'y opposa.

Il y avait déjà quelque tems qu'Inès témoignait à ses parens une extrême sensibilité, et paraissait redoubler de zèle et d'attachement pour eux. Devenue, en quelque sorte, leur première surveillante, elle ne souffrait plus qu'aucun des domestiques de la maison leur rendît de ces petits services personnels qui ont des rapports avec les égards et la tendre amitié. Si son oncle ou sa tante éprouvait la moindre incommodité,

elle

elle se relevait plusieurs fois la nuit
pour épier s'ils n'avaient besoin
d'aucun secours ; et sa famille, pénétrée d'un tel dévouement et de tant
d'attentions, cherchait, de son côté,
à lui éviter les peines les plus lé-
gères. On la surprenait souvent, la
nuit, assise sur son séant et plon-
gée dans les larmes ; et quand on
lui demandait la cause de son chagrin, elle se mettait à sourire et
répondait qu'elle n'en savait rien.
Enfin on aperçut bientôt une
sorte de désordre dans ses facultés
mentales, et un redoublement de mélancolie qui la portait à refuser même
de prendre aucun aliment.

Les médecins attribuaient cet état
à différentes causes, et ne pouvaient
parvenir à soulager ses souffrances.
Elle était arrivée à un degré d'affaiblissement qui donnait à sa famille
les plus vives inquiétudes, quand

Don Romualdo et sa femme, qui craignaient surtout qu'elle n'eût pas le tems de se reconnaître et de recevoir les sacremens, chargèrent le père Don Pedro de faire tous ses efforts pour la préparer à ce grand acte. Il passa une partie de la nuit auprès d'elle pour épier un moment favorable; mais quel fut son étonnement lorsqu'il la vit élever ses bras débiles vers le Ciel et implorer sa miséricorde pour la passion désordonnée qu'elle ressentait pour Don Julio, passion qui devait la conduire au tombeau! Plein de joie d'avoir enfin découvert ce mystère qu'elle s'était obstinée à cacher depuis si long-tems, il s'empressa d'en faire part à sa famille, qui reçut des médecins et sur-le-champ l'ordre de flatter cette passion délirante et de s'efforcer à lui faire prendre quelques alimens légers jusqu'à ce qu'elle eût recouvré assez de force pour la combattre, si ses parens ne l'approuvaient pas. Don Romualdo, qui savait que ses compatriotes pardonnaient peu aux familles espagnoles de chercher à s'unir avec des français, sans faire part de ses intentions ultérieures, eut l'air de se prêter à suivre littéralement ces conseils. Il se transporta auprès de la malade, lui parla de Don Julio, comme s'il eût toujours été l'objet de leurs conversations. Il lui dit qu'il avait appris son prochain retour à Madrid ; mais que si elle refusait toujours de prendre la nourriture qui lui était offerte, on ne permettrait pas à Don Julio d'entrer dans son appartement, parce qu'on ne voulait pas l'affliger en lui laissant voir son amie dans un aussi cruel état de souffrance. Cette menace parut faire quelque impression sur son esprit ; et sa tante étant venue con-

firmer ces douces espérances, favo-
rables à son amour, elle consentit
à faire usage de quelques alimens.
Comme tout le monde dans la maison
avait ordre de lui parler de Don
Julio, la douceur qu'elle trouvait
dans ces entretiens semblait la ramener à la vie ; mais le délire sub-
sistant toujours, on conclut qu'il
fallait que la passion eût été bien
forte, puisque la réaction était
si violente, et l'on chercha à se
rappeler une foule de circonstances
qui finirent enfin par dessiller les
yeux de l'oncle et de la tante. Olympia, qui ne l'avait presque pas quittée
pendant sa maladie, voyant qu'elle
ne pouvait recouvrer l'usage de sa
raison, avoua tout ce qu'elle savait
des amours de Don Julio avec Inès,
et ne craignit pas même de faire connaître tout celui qu'elle ressentait pour
Don Carlos. A cette découverte, les

parens d'Inès eurent quelques inquiétudes secrètes sur l'intensité et les effets d'une passion qui avait bouleversé la tête d'une jeune fille qui avait montré en tout tems une force d'ame et de caractère peu commune. Elle demandait toujours dans sa folie si l'on avait écrit au père de Jules, pour lui demander son consentement à son mariage. Un jour, à l'instant où elle témoignait une sorte d'impatience de ne pas recevoir de réponse, les domestiques accoururent tout émus annoncer à leur maître l'arrivée d'un étranger qui disait se nommer Resnel et qui se déclarait être le père de Don Julio. Don Romualdo, ne doutant pas que ce ne fût une tentative des médecins pour opérer une révolution sur l'esprit de sa nièce, crut se prêter à leurs vœux en laissant entrer dans sa chambre ce nouveau personnage. Mais quel est l'étonnement de toute l'assemblée, lorsque l'étranger s'annonça comme le père de Jules, arrivant de Paris avec des lettres du comte d'Al.... pour Donà Inès. La surprise est bientôt à son comble ; le père Don Pedro, le seul de la maison qui fût en état de le comprendre, s'empresse de lui répondre en latin. M. Resnel lui réplique avec facilité ; et Don Pedro se tournant vers la malade : je vous présente, lui dit-il en espagnol, M. Resnel, le père de Don Julio. A ces mots, Inès se place lentement sur son séant, lui fait signe de la main de s'approcher d'elle, s'empare vivement et avec ses deux mains de la tête de l'étranger, l'examine, pendant quelques secondes, avec une avidité effrayante, jette un cri épouvantable et se laisse retomber sur son lit en s'écriant : oui, c'est lui ! je le reconnais ! c'est le père de Julio, mes

pàrens ne m'ont pas trompée! En
effet, Julio ressemblait beaucoup
à son père. Mais bientôt un
torrent de larmes et de sanglots
succède à cette crise terrible. Elle
saisit la main de M. Resnel, elle la
mouille de ses pleurs, et ne veut
plus la quitter. Le premier médecin
fait signe alors à tous les assistans de
se retirer, et M. Resnel reste seul
avec la malade. A peine est-il passé
dans une autre pièce que serrant la
main du pauvre oncle, encore épouvanté de la scène pénible qui vient
de se passer sous ses yeux : — Prenez
courage, digne Romualdo, s'écrie-t-
il, votre nièce est sauvée, et j'ai lieu
de croire que cette crise violente
sera la dernière.

Cependant après que la nature eut
permis à Inès de proférer quelques
paroles en arrêtant le cours presque immodéré de ses larmes, elle
lui dit en français : ô toi, tu

es mon père ! tu es le bon père de mon Julio, qu'en as-tu fait ?.... — Il est toujours avec Charles, lui répondit avec ménagement M. Resnel. — Oh ! fais-les revenir ! — Je viens exprès pour les chercher. Inès voulut répliquer, mais elle avait perdu connaissance dès la première parole, et M. Resnel, effrayé, n'avait eu que le tems de se jeter sur les cordons des sonnettes. Le médecin étant rentré, demanda à rester seul avec la malade. M. Resnel alla rejoindre la famille où l'accueil le plus tendre et le plus caressant lui fut fait par ces bonnes gens et leurs amis, qui lui dévoilèrent enfin ce mystère par l'organe du père Don Pedro. Aussitôt que ce récit fut achevé, Don Romualdo, se précipitant dans les bras de M. Resnel et le pressant de toutes ses forces contre sa poitrine : sauvez ma nièce, lui dit-il en espagnol,

en versant un torrent de larmes ; et
le moine ayant rendu sur-le-champ
cette invocation si pressante, M.
Resnel promit de se consacrer tout
entier à la ramener à la raison ; mais
il ne pouvait revenir de son étonnement, en reconnaissant que cette
même Inès était celle qui s'était en
quelque sorte dénoncée au comte
d'Al....

Cependant cette jeune fille avait
repris connaissance, et regardait le
médecin d'un air inquiet. — Est - ce
un songe, lui demanda-t-elle d'une
voix craintive ? — Non, lui répondit
le docteur, rien n'est plus vrai, M.
Resnel père est de l'autre côté. — Ah !
par pitié, faites- le venir. — Non,
dit le Médecin, vous avez besoin de
repos ; il faut prendre un peu de
bouillon, et dans deux heures je vous
l'amènerai. — Ne me trompez - vous
pas ? — Vous ai-je déjà trompée ?—

Tome V.                              2*

Non ; et elle prit tout ce qu'on lui présenta avec une consolante docilité , en répétant toujours : dans deux heures ....

M. Resnel s'empressa de passer à la poste où , depuis cinq jours , était un paquet à son adresse. Cela n'était pas étonnant , les courriers voyageaient jour et nuit avec leurs escortes , tandis que les convois avec lesquels était venu M. Resnel voyageaient de jour seulement. C'était la copie de la lettre de M. Duvernoy que ses amis s'étaient empressés de lui faire parvenir. Cette lettre vint éclaircir tous ses doutes ; il comprit que cette main officieuse était celle d'Inès. De quel poids énorme son cœur oppressé se sentit soulagé , en voyant que son fils s'était conservé digne de lui-même ! Il ne pouvait se lasser de lire et de relire cette lettre consolante qui peignait avec tant de vérité, suivant les apparences, tout ce qui était relatif à l'événement de la fuite d'Olympia.

Les deux heures s'étant écoulées, le médecin entra dans l'appartement d'Inès, tenant M. Resnel par la main. Ce dernier s'empressa d'avancer vers elle et de lui adresser les paroles les plus douces et les plus flatteuses ; mais le médecin conçut de nouvelles inquiétudes en la voyant le regard fixe et s'obstinant à ne pas vouloir répondre. M. Resnel présuma que la malade désirait peut-être rester seule avec lui, et lui exprima cette idée en latin. Le docteur se retira ; et, dès qu'il fut sorti, Inès tourna enfin sa figure vers M. Resnel qui remarqua, malgré son sourire, que ses yeux étaient remplis de larmes. Elle lui prit la main, détourna la tête, pleura abondamment et garda le même silence fort long-tems encore. M.

Resnel s'était assis sur un fauteuil en
face d'elle et près de son lit. Aussitôt qu'elle put s'exprimer, elle lui dit
en le regardant avec tendresse : —
Ne suis-je pas ta fille ? ô mon père !
— Oui, ma fille, ma chère fille ! lui
dit M. Resnel en se livrant à la déli-
cieuse émotion qui l'agitait, et laissant à son tour couler les larmes dont
ses yeux étaient inondés ! Cette scène
muette parut ramener dans les sens
d'Inès un calme réparateur. Elle ne
parla plus et ne quitta la main de cet
homme respectable que lorsqu'un
sommeil profond, dont elle était privée depuis long-tems, lui eut rendu
la liberté. L'oncle, la tante, les amis,
les médecins épiaient à la dérobée tous
ses mouvemens, toutes ses paroles, et
osaient à peine se livrer à l'espoir d'une
parfaite guérison. M. Resnel était
considéré comme l'ange tutélaire que
la Providence leur avait envoyé pour

arracher des bras de la mort cette nièce chérie ; ils le traitaient presque avec le même respect.

Inès dormit une partie de la nuit, et ne fit aucune question jusqu'au jour. Elle accepta, sans parler, tout ce qu'on lui présenta. Son médecin étant venu la voir, elle lui demanda : —Est-il là ? — Non , répondit le docteur, il dort et viendra vous voir aussitôt qu'il sera levé. La malade sourit et se tut.

Cependant M. Resnel, dans les intervalles de repos que lui laissait Inès, avait été rendre visite à Olympia et à sa tante. Ayant annoncé qu'il avait l'ordre du comte d'Al.... de lui amener sa fille à Paris, et remis à la marquise de Miranda les lettres qui confirmaient cette nouvelle, il fit, avec ménagement, quelques reproches à la nièce du profond sentiment de tristesse qu'elle témoignait pour venir

rejoindre un père qui paraissait l'a-
dorer. — Ici Olympia ne put retenir
ses larmes et lui répondit que son
chagrin provenait de l'idée insup-
portable que le public et son père la
croyaient coupable d'une faute qui
n'avait jamais pu atteindre même sa
pensée; et vous - même, Monsieur,
lui dit-elle, vous devez naturellement
partager cette injuste opinion. Hélas !
s'écria-t-elle en sanglotant, qui désormais pourrait croire à mon innocence, puisque mon père m'accuse?.... — Moi, Mademoiselle, et
j'espère bientôt vous en donner des
preuves. La bonne marquise criait
de toutes ses forces : c'est un ange,
Monsieur, c'est un ange, et Dieu la
relèvera de cette humiliation. M.
Resnel ne voulut pas s'expliquer devant la tante; il annonça seulement
qu'il se proposait de revenir les voir
aussitôt que Dona Inès serait hors

de danger, et les quitta après avoir
laissé pénétrer ce rayon d'espérance
dans leur ame agitée.

# CHAPITRE XXXII.

*Maladie d'Inès et ses causes.*
*— Départ pour la France.*

BELVAL et Dufresne, ayant obtenu
la faveur d'aller rendre visite à la
marquise de Miranda, n'avaient pas
laissé passer un seul jour sans aller
la voir. Ils avaient soin de s'y trouver
aux heures où ils étaient sûrs de ren-
contrer Inès. Ils s'étaient persuadés
qu'avec des soins, de l'adresse et
beaucoup d'hypocrisie, ils parviendraient à nouer une intrigue et à
consoler ces belles des douleurs
de l'absence : car Belval avait convaincu Dufresne que les *petites com-
mères*, c'était ainsi qu'il les désignait

ironiquement, étaient aussi *innocentes* l'une que l'autre. Il ne se doutait guères qu'il disait la vérité avec tant de précision, quoiqu'il pensât tout le contraire. Les deux amis résolurent donc de brusquer un peu cette aventure, dans la crainte qu'un mauvais vent ne ramenât leurs rivaux au moment où ils y penseraient le moins. Attentions délicates, bouquets, petits vers, louanges outrées à la tante, argent distribué adroitement aux valets, que l'on employait à de légers services pour avoir occasion de les récompenser avec largesse : rien ne fut épargné cette fois pour triompher de ces cruelles ; mais rien n'échappait à l'adroite Inès qui se faisait un malin plaisir d'éventer toutes leurs mines. — Messieurs, leur disait-elle quelquefois, contentez-vous de l'amitié, ne portez pas vos vues plus loin et nous vivrons toujours en par-

faite intelligence. Mais toujours pré-
venus en leur faveur, ils pensaient
que le mot d'amitié n'était employé
là que pour sauver celui d'amour,
et ils continuaient à montrer leurs
prétentions avec la même confiance.
Ils se permirent quelques cadeaux qui,
par leur valeur, passaient les bornes
des convenances; on les refusa. Quelques poulets galans furent risqués;
comme ils ne contenaient, dans les
expressions, rien qui pût offenser, on
se contenta d'en rire, et tous ceux
qui suivirent ces premiers furent aussi
reçus sans conséquence. Pour leur
prouver qu'on n'y attachait aucune
importance, quoiqu'ils fussent toujours remis avec le plus grand mystère, on les laissait voltiger à l'a-
bandon; la marquise de Miranda et
les gens même de la maison avaient
la faculté de les lire quand ils tom-
baient dans leurs mains. Inès pré-

tendait que c'étaient des thèmes et
des exercices sur la langue espagnole
que faisaient ces messieurs et dont
elle s'amusait quelquefois à corri-
ger les fautes; que, sous ce rapport,
ils pouvaient bien se flatter partout
qu'Olympia et Inès étaient leurs maîtresses.... *de langue*. On comptait
les dégoûter; mais les fats sont incor-
rigibles : ils ne peuvent concevoir
qu'on puisse n'être pas subjugué par
leurs grâces, leur esprit et cet ini-
mitable abandon qui les distingue
de la tourbe.

Voyant cependant, après des ten-
tatives si réitérées, que leurs artifices
n'amenaient aucun résultat satisfaisant, ils prirent de l'humeur et résolurent de changer de conduite. Au
lieu de continuer à se montrer humbles et passionnés, ils devinrent pi-
quans, se plaignirent hautement des
prudes, et citaient nos héroïnes sous

des noms déguisés ; mais les portraits
étaient si frappans qu'elles ne pouvaient s'y méconnaître. Les deux espagnoles parurent d'abord ne pas
saisir l'allégorie ; on n'en devint que
plus hardi ; enfin nos jeunes gens
voulurent joindre quelques gestes
familiers à des paroles amphybolo-
giques dont elles persistaient à ne
vouloir saisir que le sens propre. Ils
crurent alors les avoir suffisamment
effrayées avec les anecdotes sur les
prudes et la pruderie pour leur ôter
toute idée de résistance, autre que
celle exigée par les convenances ;
mais ils furent désappointés : car
elles se défendirent avec grâce et
avec dignité. Nos étourdis eurent
l'impertinence de revenir à la charge,
et chacun reçut alors , et dans
toutes les formes, son brevet de fat ,
d'homme mal élevé , étranger aux sentimens les plus délicats. Comme ils

avaient résolu de faire retraite , ils
voulurent au moins, avant de quitter
le champ de bataille , se venger com-
plètement. Convenez , belle Inès ,
qu'il y a dans vos reproches du dépit ;
et du ressentiment , dit Dufresne
d'un petit air de triomphe ? — Mais,
pas de doute, mon ami, reprit Belval :
les femmes sont haineuses et vin-
dicatives , et Mademoiselle n'a pas
encore oublié l'aventure de Genova.
— Vous le croyez, Messieurs , reprit
vivement Inès ? — Mais en supposant,
reprit Olympia , que mon amie ait
des sujets de récrimination contre M.
Dufresne , pourquoi me traitez-vous
avec aussi peu de ménagement, moi qui
ne vous donnai jamais de motifs de vous
plaindre ? — Ah ! je vais vous expliquer
cela en deux mots : Mademoiselle se
venge de moi, et Belval se venge de
vous. — Je ne vous comprends pas.
— C'est que vous feignez de ne pas

me comprendre. — En effet , dit
Belval , ne m'avez-vous pas joué un
tour épouvantable, en vous retirant
dans ce couvent sans me prévenir ?
— Étais - je obligée de le faire , Monsieur ? — Mais les procédés.,... vous
aviez reçu ma déclaration. — Comme
je reçois vos billets , pour en rire et
en faire des papillotes. — Des papillotes , Mademoiselle ! Cette vertu farouche est très-naturelle , quand on
se réfugie dans un couvent pour
mettre sa vertu à l'abri du naufrage !
— Oui , reprit Dufresne , et tandis
que tu pilotais la tante à travers les
avant - postes , le capitaine Charles
pilotait la nièce à travers les chemins
des bergers. — Messieurs , reprit
Inès en riant , comment, vous saviez
cette aventure et vous n'avez pas eu
la générosité de prévenir mon amie ?
— Nous la réservions pour notre
bouquet d'adieu , dirent-ils ensemble.

— Il est charmant et surtout délicat, répondit Inès. — Digne enfin, dit Dufresne, Mesdemoiselles, d'être offert à des.... — Achevez, Monsieur Dufresne. — Eh bien ! Mesdemoiselles, mon ami a raison, à des coquettes, à de franches coquettes ! Oui, Mesdemoiselles, ajouta-t-il, vous n'êtes que de fausses prudes; et si vous croyez n'être pas connues du public, vous vous trompez. — Du public, Monsieur, dit Inès avec une colère concentrée? — Vos intrigues ne sont plus un mystère pour personne, reprit Belval, et nous sommes fort aises de vous dire que nous n'avons jamais été vos dupes. — Et moi, de vous assurer au contraire que vous n'avez pas cessé un seul instant de l'être. — C'est plus aisé à dire qu'à prouver, Mademoiselle. Olympia voulut arrêter son amie, mais il n'était plus tems : l'imprudente, se laissant dominer par son indignation, lui raconta dans les plus légers détails, la scène de mystification par suite de laquelle il avait été *contraint de sortir* de chez son oncle. A cette chute, Belval qui craignait peut-être que son tour ne vînt ou qui voulait sauver la honte à son camarade, saisit son chapeau et dit à Dufresne : ah ! mon ami, quelle maison ! sauvons - nous et laissons ces demoiselles.... pour ce qu'elles valent. — Oui, reprit Dufresne, mais je me vengerai ; et ils s'en allèrent en jurant, comme s'ils eussent été dans les écuries de leur troupe.

A peine furent-ils partis, qu'Inès reconnut sa faute. Les deux amies pleurèrent long-tems d'une scène qui les avait exposées à tant d'humiliations. — Je n'ai pas voulu te contrarier, chère amie, dit Olympia, mais si tu avais voulu me croire, nous n'eussions n'eussions jamais revu ces deux hommes. Inès fondait en larmes, lui demandait pardon des injures qu'on lui avait dites. O Don Carlos! ô Don Julio.... ! et elle n'ajoutait plus rien après ces deux noms, comme s'il eût suffi de les prononcer pour effacer la honte d'avoir reçu les autres.

Quelque tems après cette scène, affreuse pour ces jeunes filles, Inès tomba malade ; elle avait reçu la réponse du comte d'Al.... dans les premiers tems de son malaise. L'effet de sa maladie ayant peut-être donné un autre cours à ses idées, elle reconnut combien elle avait été imprudente et coupable en exposant aussi légèrement la réputation d'O- lympia, de la vertu même. Elle avait réfléchi que Charles pouvait être tué et que la tache faite à sa ré- putation eût été à jamais ineffaçable ;

dix fois elle s'était jetée aux genoux de son amie pour implorer le pardon de sa faute. Elle est irréparable, s'écriait-elle, et je sens qu'une femme ne doit jamais plaisanter avec l'honneur, quelque sûre qu'elle soit d'elle-même ! En vain son amie cherchait à la ramener à des sentimens plus calmes, elle lui disait qu'elle supporterait tout, pourvu que Don Carlos lui soit fidèle ; elle s'exagérait chaque jour sa faute et se plongeait de plus en plus dans une sombre mélancolie qui faillit la conduire au tombeau, exemple terrible de l'abus de l'esprit et de la légèreté contre lesquels la jeunesse ne saurait trop se mettre en garde.

Olympia, dans sa correspondance avec Charles, n'avait parlé de la maladie de son amie que comme d'une simple indisposition, afin de ne pas déchirer le cœur de Jules. Elle cou-

vrait le silence de la malheureuse
Inès d'un motif assez spécieux pour
ne pas alarmer le bon Abbé. Comment
voulez-vous, disait-elle à Charles,
qu'Inès, toujours environnée des personnes de la maison qui ont les yeux
ouverts sur ses moindres mouvemens,
écrive à Don Julio ? Elle a préféré
me choisir pour son secrétaire et me
rendre auprès de Jules l'interprète
de ses plus doux sentimens. En effet,
elle poussait l'amitié jusqu'à écrire
à Jules tout ce qu'Inès, disait-elle,
lui avait dicté pour lui. Il n'y a que
les cœurs sensibles qui soient sus-
ceptibles de cette délicatesse ingé-
nieuse qui voudrait épargner à l'amitié
jusqu'aux tourmens de l'inquiétude.
Cependant la maladie ayant atteint
ce caractère de gravité qui avait jeté
l'épouvante dans la famille de cette
infortunée et le désespoir dans l'ame
d'Olympia, elle ne put s'empêcher

d'écrire à Charles la vérité toute
entière. Elle se meurt , lui marquait
cette amie désolée ; et quand on par-
viendrait à la rendre à la vie , ce
dont on désespère , les médecins crai-
gnent qu'il soit impossible de la rappeler jamais à la raison !... Que je
vous plains, Don Carlos ! mais que
le sort de Don Julio est affreux !
quelle amie il va perdre ! Je connaissais
son esprit ; mais elle m'a encore appris
à mieux connaître son cœur. O Don
Carlos ! quel trésor de sensibilité ,
d'amour et de délicatesse ! Julio lui-
même ne soupçonnait qu'une partie
de ses qualités !.... Cette nouvelle
terrible , inattendue , plongea , comme
on peut le penser , le pauvre Charles
dans une affliction qu'il ne put cacher long-tems. Jules , le sensible
Jules , recélait aussi de son côté un
fond de tristesse qu'il ne pouvait
vaincre : elle provenait , d'une part ,

du silence d'Inès., dont la prolon-
gation l'inquiétait beaucoup, quoique
plein de confiance dans les lettres
d'Olympia, qu'il ne pouvait soupçonner même d'un mensonge offi-
cieux ; et, de l'autre, de la remise
confidentielle que lui avait faite M.
Duvernoy de la lettre de Caroline
pour son fils, en lui laissant la faculté de là montrer à Charles, s'il
le jugeait convenable, étant toujours
prêt à lui donner connaissance de sa
réponse à M. de Damoski.

Ce pauvre Jules ne pouvait pas
supporter l'idée d'avoir été soupçonné
d'ingratitude par la mère de son ami,
la vertueuse bienfaitrice de sa famille.
D'ailleurs cette menace de vengeance
du comte d'Al.... l'inquiétait aussi ;
il connaissait, depuis son séjour dans
le pays, le caractère espagnol. Il
se doutait bien aussi que ce rappro-
chement subit entre les deux familles

pouvait être l'ouvrage de sa malicieuse
amie; mais comme il en redoutait les
funestes conséquences qui n'avaient
pu échapper à sa sagacité, il craignait d'être dans la pénible nécessité
de ne pas approuver au fond de son
cœur cette démarche de sa trop chère
Inès. Il existait donc depuis quelque
tems entre les deux amis un froid apparent dont chacun d'eux était loin
de deviner la véritable cause.

Charles ne pouvait plus jeter les
yeux sur l'Abbé sans être attendri
jusqu'aux larmes. Jules avait feint
souvent de ne pas s'en apercevoir;
cependant un jour que ces larmes
silencieuses s'étaient échappées malgré lui d'une manière ostensible, il
lui prit la main et lui dit : Charles,
ne saurais-tu supporter l'adversité?
regarde avec quel calme tes hussards
descendent au tombeau, soit sur le
champ de bataille, soit dans nos bras,

soit dans les hôpitaux. En as-tu vu
un seul démentir ce caractère de
courage imperturbable qui convient
surtout au soldat français dans le
siècle où nous sommes? Pourtant
ils abandonnent aussi des amis, des
maîtresses, une famille! Eh bien!
leur dernier mot est toujours pour
s'informer si les français sont vain-
queurs! et toi, Charles, pour quelques contrariétés dans tes amours,
tu te livres à une mélancolie qui te
porte même à me bouder.....  —
Moi! Jules, je te boude, mon ami!
— Oui, tu ne peux me pardonner
le rôle inutile que je remplis à l'armée,
quand j'aurais pu rester à Madrid
auprès d'Inès, auprès d'Olympia!
— Inutile! ô mon ami! et quel
homme au régiment a rendu de plus
grands services que toi? — Charles,
laissons-là ce que j'ai fait; pourquoi
t'affliges-tu donc? — Oh! mon ami,

tu viens de m'exhorter au courage !
— T'en sens-tu assez, lui dit Jules,
pour lire cette lettre sans te troubler ? — Ciel ! s'écria le Capitaine,
qui s'imagina qu'on avait annoncé à
son ami la mort d'Inès ; ...., et se
jetant sur le fatal papier, il le lut
avec une avidité qui ne pouvait
échapper à Jules. L'Abbé lui remit
aussitôt une copie de la réponse de
M. Duvernoy. Charles voulut parler :
lis, lis, lui dit l'Abbé, nous causerons
ensuite. La figure du Capitaine, à
mesure qu'il lisait, semblait reprendre
la sérénité que lui avait ravie la lettre
de sa mère. Charles ne parut sensible
d'abord qu'à cette seule idée, qu'il
exprima en ces termes : et toi aussi,
mon ami, on te calomnie!.... —
Eh ! qu'importe !... Crois-tu, Charles,
que je ne me sens pas le courage
de supporter d'autres chagrins que
celui-là ?... Nous devons être hommes,

mon ami, et nous attendre à tout.
— Quoi, lui répondit Charles, si
j'avais aussi à déchirer ton cœur par
une nouvelle affreuse, sans pouvoir,
comme tu viens de le faire, mettre
de suite le remède sur la blessure...!
— Je t'ai entendu, Charles, dit
l'Abbé en pâlissant, Inès est morte!...
— Non, non, mon ami, s'écria
Charles épouvanté ; mais, tiens, lis
à ton tour. L'Abbé prit de ses mains,
en tremblant, les lettres d'Olympia,
les lut toutes dans un silence in-
quiétant pour le pauvre Charles!
qui, le pressant contre son cœur,
ne pouvait ajouter une seule parole
à ces douces étreintes. — O Charles,
lui dit l'Abbé en répandant aussi des
larmes, pourquoi cette impitoyable
main de fer qui frappe tous les hommes
ne m'atteindrait-elle pas aussi?....
Pauvre Inès !.... Charles, lui dit-
il en le pressant dans ses bras, oh!

que je souffre!.... mais remercions
Dieu, dans le malheur qui m'accable,
il me reste un ami!.... Le jeune
Capitaine chercha à lui prodiguer
toutes les consolations que la raison
pouvait lui offrir. Jules s'y prêta
avec un doux sentiment de reconnaissance ; il semblait que la douleur
dont il se sentait atteint avait encore
accru sa sensibilité. Toujours calme
et sérieux, son visage devenait riant
et serein quand il se rapprochait
de ses malheureux blessés ; il les
veillait, il les soignait avec la tendresse
d'un père pour ses enfans ; il disposait à quitter la vie avec résignation ceux qui ne donnaient aucun
espoir; et quand Charles voulait l'arracher à ces fonctions pénibles : —
Laisse-moi les remplir, mon ami,
elles me soulagent! oui, je sens
qu'elles me consolent!

Cependant les insurgés se réunis-

saient de nouveau dans les montagnes,
où les débris de l'armée ennemie
allaient les rejoindre. Les français
étaient obligés de se retrancher dans
les villages par des fossés, des pa-
lissades, et d'exercer une surveillance
sévère sur les habitans, qui finissaient
toujours par trahir et livrer quelques
postes aux assassins. Comme il ne
réchappait jamais personne de ces
odieux massacres, les traîtres ne
craignaient point d'être accusés, parce que le silence de la mort couvrait
toujours leurs forfaits. Les routes
n'étaient plus praticables : ils poi-
gnardaient sans pitié tout paysan ou
courrier porteur de lettres pour des
français ; ils isolaient les uns des
autres tous les postes qu'ils ne pouvaient surprendre, et plusieurs même
furent réduits aux horreurs de la
famine, en attendant qu'il arrivât à
leur secours des colonnes qui ame-

naient une nouvelle garnison et des
vivres. Charles et Jules étaient dis-
traits de leur affliction en partageant
une partie de ces calamités.

Cependant la santé d'Inès se réta-
blissait, ou plutôt les forces lui re-
venaient d'une manière sensible ;
mais on remarquait toujours en elle
un fond de tristesse dont il était facile
de deviner la cause. A mesure que
le souvenir du passé venait se re-
tracer dans sa mémoire, elle éprouvait une difficulté insurmontable à
se rendre compte de la connaissance
qu'avaient tous ceux qui l'envi-
ronnaient de son amour pour Don
Julio, de l'arrivée de M. Resnel,
de la facilité avec laquelle chacun
lui parlait de son prochain mariage,
tandis qu'elle avait éprouvé tant de
peines et de combats pour se décider
à faire cet aveu à sa famille, aveu
qu'elle ne se souvenait pas d'avoir

fait. Elle ne voulait interroger personne, et Olympia avait reçu l'ordre de se taire jusqu'à ce que ses forces fussent entièrement revenues. Telles étaient les raisons qui lui faisaient garder le silence avec M. Resnel, chaque fois qu'il se trouvait avec elle : elle se contentait de lui serrer les mains, de le regarder, de verser des larmes et de conserver un profond silence ; ce qui faisait craindre ou une rechute ou un affaiblissement dans les organes de l'intelligence. Don Romualdo, qui avait tout disposé pour son départ, et qui ne pouvait plus se séparer de M. Resnel, qu'il considérait toujours comme le sauveur de sa nièce, lui demanda comme une faveur spéciale de profiter de sa compagnie et de celle d'Olympia, que M. Resnel se proposait d'emmener avec lui, d'après les instructions secrètes du comte d'Al...., pour se rendre en

France, pays qu'il voulait, disait-il,
habiter, mais qu'il redoutait cependant et dont il ignorait la langue.
M. Resnel, qui au fond du cœur était
enchanté de cette détermination,
répondit par toutes les offres de service qui étaient en son pouvoir.

Il n'était qu'à 70 lieues du village
où Charles et Jules se trouvaient
campés : ce n'était qu'une bien faible
distance pour jouir du bonheur de
les embrasser, après avoir fait quatre
cents lieues pour prendre de simples
renseignemens. Il brûlait du désir
de la franchir ; mais Madame de
Damoska, qui avait eu déjà beaucoup
de peine à consentir à ce qu'il se
rendît à Madrid, avait exigé de son
amitié qu'il ne s'exposerait pas davantage. Il semblait que son cœur sensible eût pressenti que ces 70 lieues
étaient devenues en quelque sorte
infranchissables par les dangers sans

cesse renaissans qui menaçaient les
voyageurs. On ne trouvait plus qu'à
prix d'or des hommes qui voulussent se
charger de remplir les fonctions de
courrier ; et souvent encore le petit
nombre qui s'exposait à remplir cette
mission périlleuse tombait-il victime
de la cupidité. Ce n'était qu'avec de
fortes colonnes que l'on pouvait espérer de se rendre en Andalousie ;
et les départs de Madrid devenaient
chaque jour plus rares.

Quand M. Resnel aurait pu pénétrer jusqu'à ses enfans sans courir
aucun risque, il ne l'eût pas fait,
parce qu'il avait promis à sa généreuse amie de ne pas dépasser Madrid,
et qu'il était religieux observateur de
sa parole. Il se contenta donc d'écrire
à Charles et à Jules les détails de
tout ce qui s'était passé tant en
France qu'à Madrid au sujet d'Olympia, d'Inès, de leurs familles, et

de son voyage à Madrid. Il versait
le beaume de la consolation dans
ces cœurs ulcérés, les invitait à
ménager leurs jours pour jouir d'un
bonheur qui n'éprouverait bientôt
plus d'autre obstacle que la retraite
de Charles du service; enfin il ter-
minait, en comblant ces jeunes gens
de ses bénédictions, par les engager
à ne laisser échapper aucune occasion de donner de leur nouvelle à
leurs familles.

Cette lettre, si importante pour
les deux amis, fut mise à la poste
militaire; mais elle éprouva le même
sort que presque toute la correspondance de cette partie de l'Espagne : le courrier fut massacré avec
une partie de son escorte, et les
dépêches dont il était chargé tom-
bèrent au pouvoir des ennemis.

Cependant M. Resnel ayant achevé
ses préparatifs, et la santé d'Inès,

malgré le silence profond et mélancolique qu'elle s'obstinait à garder, ayant permis d'entreprendre le voyage ; Olympia, qui déjà avait pris congé de la marquise, s'empressa d'instruire Charles de tous les événemens qui se passaient, et lui renouvela les sermens d'une éternelle fidélité. Inès avait pu ajouter quelques protestations de constance dans ses sentimens, au bas de cette précieuse missive qui devait être communiquée à Don Julio ; mais cette lettre si consolante éprouva le sort de celle de M. Resnel, et ne put parvenir.

Ce ne fut qu'après avoir couru plusieurs fois les risques terribles de tomber au pouvoir des guerillas qu'ils arrivèrent à Bayonne. Ils avaient mis près de trois mois à faire ce trajet, d'environ 200 lieues, ayant été forcés souvent d'attendre des escortes dans

lès principales villes de leur passage.
Aussitôt qu'ils se virent enfin échappés à tous les dangers, ils se hâtèrent
d'annoncer cette heureuse nouvelle
à Charles et à Jules ; mais plus la
distance était considérable, plus les
difficultés de faire parvenir les lettres
étaient grandes. Cependant comme ils
écrivaient très-fréquemment, qu'ils
avaient soin d'adresser à leurs amis
des duplicata de leurs lettres, ils
eurent l'espérance que quelques-unes
parviendraient à leur destination.

Après s'être reposés quelques jours
à Bayonne, Inès ayant témoigné la
plus invincible répugnance à se séparer de M. Resnel, et ayant jeté
des cris affreux à la proposition que
lui firent ses parens de gagner la
Provence, Don Romualdo et son
épouse n'hésitèrent pas, dans leur
tendresse pour cette nièce charmante
et infortunée, à suivre M. Resnel,

qui, aussitôt son arrivée à Paris,
les conduisit à l'hôtel de la famille
Damoski. Le calme de cette habitation, située dans un quartier éloigné
du fracas des équipages, et la beauté
des jardins firent, pendant quelque
tems, de ce séjour un agréable lieu
de repos pour nos voyageurs fatigués
d'un trajet qui avait été si long, si
pénible et si périlleux. Ce ne fut
qu'au bout de quelques jours que
M. de Damoski et son épouse vinrent
leur rendre visite et les décidèrent tous
à se rendre à leur château de M...,
où ils pourraient goûter plus à leur
aise les douceurs de la campagne et
le repos des champs.

Le comte d'Al.... n'était plus à
Paris depuis un mois ; il avait reçu
des ordres pour se rendre à la cour
de Naples ; mais instruit par M. Resnel de l'arrivée de sa fille, il avait
chargé la famille de Damoski de la

recevoir pendant son absence. Olympia éprouva un vif regret de ne pas retrouver son père ; elle aurait désiré se justifier à ses yeux des soupçons affreux qu'il avait conçus contre elle ; mais les tendres égards que lui témoignèrent à l'envi les parens de Charles ne tardèrent pas à la consoler de ce retard et à lui prouver que tout ce qui l'entourait ne conservait aucun doute sur son innocence. Elle reprit bientôt cette douce sérénité d'ame qui ajoute toujours tant de charmes à la beauté, et s'appliqua à gagner l'amitié de Caroline et de son estimable époux. Inès avait conservé une extrême pâleur et une sorte d'incertitude dans les idées, qui donnaient une inquiétude secrète à ses bons parens. Ils employaient tous les moyens possibles pour la ramener au calme et à la gaieté. Mais laissons le tems à tous ces nouveaux personnages

de faire connaissance, d'étudier leurs
caractères, leurs mœurs, leurs inclinations, afin de pouvoir un jour
se juger, s'apprécier, s'unir à jamais,
ou se séparer, suivant que l'exigeront
les circonstances, et retournons à
Madrid pour y prendre les rensei-
gnémens indispensables au dénoue-
ment de cette histoire.

# CHAPITRE XXXIII.

## *Étourderies. — Justes Remontrances.*

Nous avons pris l'engagement de revenir un instant sur le passé pour faire connaître au lecteur quel avait été le résultat de la rupture entre nos deux fats et les imprudentes amies de Charles et de Jules.

Belval et Dufresne avaient conservé contre nos héroïnes une violente animosité. Ils épiaient toutes les occasions de leur nuire et de leur faire publiquement quelques scènes bien scandaleuses ; car c'était à quoi ils voulaient borner leur vengeance contre elles. Mais l'état de leur cœur

et les soupçons injurieux auxquels
elles se savaient en butte ne leur
avaient plus permis de participer,
même par curiosité, aux plaisirs publics qui se multipliaient à Madrid,
en même tems que cette ville était
livrée à la plus affreuse misère. On
ne pouvait trouver de quoi payer et
soutenir les soupes à la Rumfort que
des philantropes français (1) avaient

(1) Je m'empresse de payer ici à M. SAIN-
SERE ( de Metz ), alors directeur-général des
hôpitaux de l'armée française, le tribut d'éloges
qu'il mérite par le zèle si beau et si respectable qu'il mit à l'établissement des soupes
économiques. Il y contribua comme souscrip-
teur et comme l'un des surveillans. Il suffisait
que ce mode de soulagement pour l'indigence
vînt de France pour que les espagnols ne
voulussent pas l'adopter, tant ils nous détes-
taient ainsi que nos usages. Les pauvres
aimaient mieux se laisser mourir de faim auprès de ces soupes que d'en manger, quoiqu'on eût respecté, dans leur confection, le

eu l'humanité d'établir d'abord à leurs frais, en dépit des préjugés espagnols. Une somme considérable avait été versée sur-le-champ pour la restauration de l'amphithéâtre destiné à la course des taureaux. Olympia

---

goût dominant des espagnols pour l'huile, l'ail et une espèce de pois-chiches qu'ils mangent avec avidité. On parlait de renverser les chaudières, de s'insurger contre les commissaires, que plus de 12,000 pauvres traitaient d'empoisonneurs. Les espagnols qui s'étaient associés à cette bonne œuvre n'osaient déjà plus - paraître aux lieux des distributions. M. Sainsere eut le courage de s'y porter seul, de haranguer ce peuple de mendiāns avec ce ton de persuasion et de sensibilité qui va toujours au cœur, de manger devant eux de la soupe de chaque chaudière, de ne jamais s'effrayer de leurs cris, de leurs menaces, de leur fureur, et de maintenir, au péril de sa vie, une institution à laquelle il n'avait concouru que par le seul désir d'être utile à tant de malheureux. Sa persé-

**et Inès**

et Inès ne paraissaient plus aux promenades ni aux spectacles : concen-
trées, en quelque sorte, dans leur
passion, elles ne goûtaient plus d'autre
plaisir que de se visiter fréquemment
et de s'entretenir des objets qui leur
étaient chers. Cependant l'amour-
propre révolté de leurs antagonistes
fermentait dans leur cœur et y faisait
d'affreux ravages. Dufresne n'avait
pu croire d'abord qu'il eût été joué
à ce point par Inès : il trouvait dans
la conduite de cette jeune fille à son
égard trop de combinaisons et une
suite d'idées dont il ne pouvait juger
capable une tête aussi légère que celle
de cette jeune espagnole. Il se per-
suada que ce n'était que le dépit qui

_____

vérance fut, peu de tems après, couronnée
du plus grand succès, et les pauvres ne
tardèrent pas à le remercier et à le bénir.
J'ignore si Ferdinand VII a maintenu ce
philantropique établissement.

l'avait poussée à s'attribuer l'invention
d'un événement dont la découverte
n'était due qu'au hasard. Un jour il ren-
contra sur les boulevards de la ville
un des domestiques de la maison, qui
avait été renvoyé pour cause d'incon-
duite. Dufresne l'appela dans un
lieu solitaire, et lui donna, d'a-
près l'exposé de sa misère actuelle,
quelques pièces d'argent pour le secourir, celui-ci raconta, dans le plus
grand détail, au lieutenant tout ce
qui était relatif à son aventure. —
C'est moi, ajouta ce valet, qui étais
chargé de pousser le verrou exté-
rieur qu'elle avait fait placer la veille
pour vous couper la retraite. En
effet, Dufresne se rappelait très-bien
qu'il n'avait jamais pu parvenir à
ouvrir cette porte, quelques efforts
qu'il eût faits. Comment, dit Dufresne, et Don Romualdo et sa femme....? — Étaient du complot avec

leur nièce pour se débarrasser de vous, car c'était là leur but. Oh ! ils en rirent bien long-tems encore après votre départ, et chacun se vantait de la part qu'il avait eue dans cette expédition. Toutes les paroles de ce maudit valet remuaient la bile de Dufresne. S'être laissé berner de la sorte !... un homme comme lui !.... et par qui ?.... par des espagnols, des vieillards, une enfant et des valets !..... Il était furieux, humilié surtout de ce que Belval avait eu connaissance de cette mystification qui ne manquerait pas d'être publique et répandue dans la société : car il connaissait son cher camarade, et savait qu'il ne résisterait jamais, un jour ou l'autre, au plaisir d'en rire à ses dépens. Aussi, pour le rendre circonspect, ne manquait-il pas de lui dire jusqu'à satiété qu'il avait été joué également par Olympia. — Conviens-en, Belval,

te faire échiner pour conduire sa
vieille sorcière de tante à Tolède,
sous bonne escorte, tandis qu'elle
va rejoindre son galant à Naval ! Ah !
conviens-en, ce tour-là vaut bien
l'autre. — Que de perfidie dans le
cœur de ces femmes, disait Belval
en soupirant ! et le résultat de leurs
conversations était toujours un projet
de vengeance ; mais, comme il a été
dit plus haut, elles ne leur en four-
nissaient plus l'occasion. Une autre
inquiétude dévorait le cœur de Dufresne : il n'y avait pas de doute que
ces jeunes filles n'eussent informé
leurs amans de cette déplorable histoire, de sorte qu'il était toujours
inquiet de savoir s'il n'était pas devenu
la fable du régiment. Il redoutait
surtout les sarcasmes de son oncle,
qui lui avait souvent prédit, au sujet
de sa fatuité, qu'il lui arriverait
quelques aventures de ce genre. Il

joignait à ces craintes celle de la
divulgation de son aventure avec la
Marineta, de son duel avec Belval.
Et lui, frondeur en chef de tout
le corps de cavalerie auquel il
était attaché, il se voyait déjà ba-
foué par l'armée entière, qui saisirait
cette occasion pour prendre enfin
une bonne revanche. Comment faire
pour parer à des dangers si pressans?
Il commença par écrire à plusieurs
officiers de ses camarades au régiment que le pauvre Charles et son
ami Jules avaient eu le malheur,
par suite de leur inexpérience à
l'égard des femmes espagnoles, de
tomber entre les mains de deux franches coquettes qui ne visaient à rien
moins qu'à se marier avec eux ; que
l'une d'elles s'attachait à Charles parce
qu'elle lui supposait, par son train
et ses dépenses, une fortune considérable ; que l'autre ne possédait

absolument rien que ce que ses parens voudraient bien lui laisser à
leur mort ; mais que par l'ascendant
qu'elle savait que Jules exerçait sur
l'esprit du capitaine, elle regardait
la fortune de ce dernier comme à
sa disposition, puisque Olympia et
elle s'étaient promis mutuellement
de se la partager ; qu'il y avait long-
tems qu'il s'était aperçu de ce projet,
et que, ne voulant pas se brouiller
avec de si bons camarades, il s'était
contenté d'en manifester son indignation à Dona Inès, l'amie de Jules,
en la prévenant qu'il ne souffrirait
jamais que ses amis fussent leurs
dupes à ce point ; qu'il en était
survenu une scène si violente qu'il
s'était décidé à abandonner cette
maison où il avait logé après le départ
de Charles. Il annonçait que Belval
avait eu la même scène, et pour la
même cause, avec Dona Olympia,

la maîtresse du capitaine, et qu'il
avait comme lui cessé toute fréquentation avec des femmes si décriées
et que personne ne voulait plus
voir.

Cette lettre n'avait produit qu'un
médiocre effet sur l'esprit de ceux
à qui elle avait été lue.

Le régiment se trouvait alors dans
une situation critique. Il avait perdu
un grand nombre d'hommes dans les
divers engagemens qu'il avait eus,
et par les maladies. On était campé
dans de mauvais villages où l'on courait risque d'être égorgé toutes les
nuits. Il fallait exercer une surveillance continuelle qui épuisait les
forces des soldats; et l'on entrevoyait
que, malgré les avantages remportés
en batailles rangées, l'esprit des peuples s'aigrissant chaque jour, cette
guerre n'aurait qu'une déplorable
issue : conséquemment l'intérêt per-

sonnel l'emportait sur l'intérêt d'autrui. On voyait bien qu'une tristesse profonde dévorait les deux amis, par le manque de nouvelles de Madrid et de France ; mais personne ne songeait à leur dessiller les yeux sur leurs amours qui, au fond, étaient assez indifférentes au reste des officiers.

Charles et Jules, ayant appris que plusieurs courriers avaient été pris et pillés, s'imaginèrent bien que le silence de leurs amies et de leurs parens ne provenait que de cette cause.

Cependant Belval, qui avait conservé quelques intelligences dans la maison de la marquise de Miranda avec une duègne à laquelle il avait fait alors quelques cadeaux, avait appris d'elle que le comte d'Al.... était furieux contre sa fille, qu'il avait écrit confidentiellement à sa sœur que, si cette faute ne pouvait se réparer, il irait conduire sa fille à

Rome, la confinerait dans un couvent
très-austère pour le reste de ses jours;
que la marquise de Miranda s'était
abandonnée, pendant plusieurs jours,
à la plus profonde douleur, et qu'enfin l'agent du comte d'Al......,
chargé d'emmener Olympia, étant
venu, il avait bien fallu la livrer,
malgré les sanglots de sa tante; que
c'était un homme pâle, froid, sec
et sévère, qui ne parlait qu'en français devant les domestiques pour
qu'on ne le comprît pas; que c'était
sans doute celui qui devait l'accompagner à Rome; qu'il avait bien l'air
d'un homme propre à cette mission,
et mille autres platitudes qui étaient
passées par la tête de cette vieille
duègne bavarde, sotte et curieuse.

Belval, enchanté de ces confidences, s'empressa de les commu-
niquer à Dufresne. Tu le vois, lui
dit celui-ci, Vénus nous venge de

ces petits monstres : elles sont punies
d'avoir dédaigné nos hommages, et
je t'apprendrai de mon côté qu'Inès
est devenue folle. — Folle, reprit
Belval? — A lier, mon ami ; et comme
dans son délire elle raconte toutes ses
fredaines..... — En vérité ? — Des
horreurs, mon ami, je te l'avais dit ;
je l'avais jugée, ce n'était qu'une hy-
pocrite. — Eh bien ? — Eh bien ; ses
parens, qui ne pouvaient garder avec
eux un pareil objet de scandale, se
sont décidés à profiter du départ
d'Olympia pour la faire voyager avec
elle. — Et peut-être jusqu'à Rome ?
— Parbleu, Belval, tu m'y fais penser, cela pourrait bien arriver. — N'en
doute pas, Dufresne : une modique
pension va les débarrasser de ces *créa-
tures*. Pourtant, au fond, je regrette
que cette petite Olympia soit trai-
tée avec tant de sévérité : elle est
charmante. — Regrette ton Olympia,

si tu veux, pour moi je suis loin
d'éprouver les mêmes sentimens pour
Inès, et sa perfidie ne sortira jamais
de ma mémoire.

C'est d'après ces nouveaux ren-
seiguemens, donnés par de misérables
valets, dont rien ne pouvait garantir
l'exactitude, que Dufresne s'empressa d'écrire une nouvelle lettre à
celui qui avait reçu la première;
elle était ainsi conçue :

« Le roman de Charles et de Julio,
» mon cher ami, est terminé : le
» comte d'Al...., furieux contre sa
» fille, non - seulement pour l'esca-
» pade du couvent, mais pour une
» foule d'autres aventures qui se sont
» enfin découvertes, vient de la faire
» enlever de chez sa tante pour être
» renfermée à Rome le reste de ses
» jours, dans le monastère le plus
» rigoureux de l'Italie. Il est présuma-
» ble que le père ne reparaîtra jamais

» à Madrid , cette anecdote l'ayant
» rendu la fable de la ville et de la
» cour. Il a trop d'orgueil pour sup-
» porter la honte dont cette fille l'a
» couvert.

» Quant à la maîtresse de Jules ,
» elle est devenue folle , mais folle au
» suprême degré. La petite masque ,
» en son délire , rend compte de ses
» fredaines ; on assure que c'est à faire
» dresser les cheveux sur la tête.
» D'honneur, on ne se fait pas une
» juste idée de la démoralisation des
» femmes de cette nation ; c'est au
» point que moi , qui suis l'indul-
» gence même pour ces sortes de
» faiblesses , j'en suis vraiment scan-
» dalisé. Aussi la famille , ne sachant
» qu'en faire, s'est hâtée de profiter
» de l'occasion d'Olympia pour s'en
» débarrasser. On assure que l'oncle
» et la tante de cette petite malheu-
» reuse vont accompagner ces deux

» filles jusqu'à Marseille, d'où elles
» seront embarquées pour l'Italie,
» sous la surveillance d'un geolier
» farouche dont l'aspect seul, dit-
» on, fait frémir.

» Au fait, mon cher ami, c'est
» un grand bonheur pour nos dignes
» camarades qu'on les ait débarrassés
» de ces deux petits êtres dangereux.
» Elles étaient jolies, j'en conviens,
» mais d'une fausseté, d'une per-
» fidie...; elles ne respectaient pas
» même les choses les plus sacrées.
» Annonce, si tu le veux, cette
» nouvelle au Capitaine et à son ami.
» Pour moi, je ne me sens pas le
» courage de les affliger.

» Tout à toi,

» DUFRESNE. »

Cette lettre, qui donnait des ré-
sultats certains, fit plus de sensation
que la première et circula bientôt
dans tout le régiment. A l'exception

de Charles et de Jules, tout le corps, jusqu'au colonel, en était instruit. Cependant l'intérêt qu'ils inspiraient exerçait sur les cœurs de tous les officiers un empire si touchant que personne ne voulait leur annoncer cette affligeante nouvelle.

Le régiment ayant reçu l'ordre de marcher sur Xerès, Charles et Jules virent encore s'éloigner l'époque où ils recevraient des nouvelles de tout ce qui leur était cher et accroître leurs ennuis. Cependant les exercices continuels auxquels ils se livraient apportaient quelque diversion à leurs peines.

En France Olympia avait eu le tems de se familiariser avec les parens de Charles. Plus elle vivait auprès d'eux, plus elle sentait qu'il fallait les chérir et les respecter. Elle n'osait pas encore leur donner ce nom si doux qu'Inès, dans sa maladie, n'avait pas hésité d'employer avec le père de Jules ; mais quand il arrivait quelquefois à Madame de Damoska, dans le cours d'une conversation amicale, de lui répondre : oui, *ma fille*, elle sentait un tressaillement involontaire de plaisir dont elle ne pouvait pas toujours modérer les effets.

Il était impossible de montrer des attentions plus délicates et un plus tendre dévouement qu'elle n'en faisait paraître pour Caroline et son époux. Si un nuage d'inquiétude sur le sort du capitaine et de son ami venait de tems à autre obscurcir la sérénité de cette respectable famille, et si la tristesse se prolongeait trop long-tems, Olympia se rendait doucement, et sans qu'on s'en aperçût, au piano qui était au fond du salon, et préludant par des tons doux et mélancoliques, elle fixait l'attention de l'assemblée et parvenait avec

adresse, et par des modulations plus
animées, à bannir l'affreux chagrin
qui dévorait ces trois familles, hélas!
si bien faites pour être heureuses.
Madame de Damoska disait quelquefois à son mari : — Je ne sais, ô
mon ami, par quel charme secret
cette jeune fille a su gagner mon
cœur ; mais je n'éprouve auprès
d'elle aucune de ces dissonances qui
semblent naître souvent auprès des
personnes de nation étrangère ; il me
semble que je l'ai aimée toute ma
vie. — Eh! qui ne l'aimerait pas,
reprenait son époux? c'est un assem-
blage aussi rare qu'extraordinaire de
grâces et de vertu ; ce qui me plaît
surtout en elle c'est cette noble franchise avec laquelle elle s'exprime sur
tout. Non, disait-il, les cœurs faux
n'ont pas cette candeur, ce front
calme et radieux, ce sourire enchanteur, cet abandon et cette cou-

fiance qui m'attendrissent quelquefois
jusqu'aux larmes.

Pour Inès , quoique parfaitement
rétablie , une véritable révolution
semblait s'être opérée dans son esprit : le souvenir du passé avait laissé
dans son ame une sorte de honte dont
elle ne pouvait s'affranchir ; aussi
douce, aussi prévenante, aussi bonne
qu'Olympia pour les familles qui l'en-
vironnaient, elle n'osait plus se livrer
à cette gaieté bruyante qu'elle semblait autrefois ne pouvoir maîtriser :
elle paraissait, pour sourire, faire
un effort sur elle-même. Elle aimait
les discussions graves et mélancoliques : alors elle se mêlait avec
plaisir à la conversation et laissait
bientôt la société dans l'étonnement
par la justesse et la profondeur de ses
idées. Olympia était surtout étonnée
de la sagesse de ses réflexions, elle qui
l'avait vue traiter avec tant de gaieté

les affaires les plus sérieuses. Je ne
te reconnais plus, chère amie, lui
disait-elle souvent, il semble que
nous ayons changé de rôle. Oh ! de
grâce, reprends cette aimable insou-
ciance qui répandait tant de charmes
sur ta personne et qui se communi-
quait involontairement à tous ceux
qui t'approchaient. — Olympia, lui
répondait Inès tout attendrie, nous
ne sommes pas toujours maîtres de
nos affections ; peut-être avec le
tems reprendrai-je cette gaieté dont
tu me félicitais, et que je suis loin
de regretter, puisqu'elle m'avait en
quelque sorte enlevé le jugement et
la raison ; mais veux-tu que je te
l'avoue, je ne suis pas tranquille sur
l'avenir : d'affreux pressentimens
bouleversent mon ame. Charles !...
Jules !...— Eh bien, reprit son amie
avec effroi ? — Où sont-ils, répondit
Inès en laissant tomber des larmes ?

il y a cinq mois que nous sommes privées de leurs nouvelles !.... — N'achève pas, Inès, lui répliqua son amie; espérons que le Ciel daignera veiller sur leurs jours !.... Et elle s'efforçait de lui prouver que leur voyage ayant été très-long, les courriers éprouvaient de très-grands retards; que leur régiment avait peut-être été commandé pour le Portugal. — Tu as beau vouloir me consoler, dit Inès, tant que ton mariage ne sera pas définitivement arrêté entre les deux familles, je ne jouirai d'aucun repos sur la terre, car je crains toujours, si cette union n'a pas lieu, que ton père, qui ne voudra plus te reconduire à Madrid, ne te conserve une haine éternelle par suite de ma coupable imprudence.

Pour moi, maîtresse absolue de mon cœur, je saurai le conserver à Don Julio et attendre que j'eu puisse disposer, si ce mariage pouvait ne pas être agréable à mes parens, car je suis résolue à ne jamais les contrarier, à ne pas les abandonner, et à leur prodiguer, jusqu'à mon dernier jour, mes soins et ma tendresse! C'est ainsi que ces deux amies allégeaient, par ces douces confidences, les peines secrètes dont elles étaient tourmentées.

Cependant M. Resnel n'avait avec Don Romualdo et son épouse que de purs égards de société et des attentions froides. En vain Madame de Damoska invitait-elle souvent les trois filles qui lui restaient ( car deux s'étaient mariées depuis le départ de Jules ) à venir partager leur société et leurs innocens plaisirs, il trouvait toujours un prétexte honnête pour s'y opposer. Don Romualdo ne put s'empêcher d'en témoigner un jour sa surprise devant Caroline, par le

secours d'Olympia, qui entendait parfaitement le français, quoiqu'elle ne
le prononçât qu'avec difficulté. —
Ne vous en étonnez pas, répondit
la mère de Charles, votre fortune
en est la cause : s'il pouvait vous
offrir en Jules un gendre dont les
prétentions fussent égales à celles de
votre nièce, vous le verriez peut-
être voler au-devant d'une union qui
ferait son bonheur ; mais la crainte
qu'on ne lui prête ces bas calculs,
dont je vous annonce qu'il est bien
incapable, l'empêche de se livrer au
plaisir de vous témoigner avec liberté
tout ce que vous lui faites éprouver.
— Bon ! bon ! répondit en riant Romualdo, c'est donc pour cela qu'il
est toujours avec nous si grave et
si réservé ? eh bien ! qu'il ne se gêne
plus, qu'il ne nous prive pas de la
société de ses aimables filles pour
cette raison, car *Don Julio ne sera*

*jamais destiné à ma nièce.* A ces
paroles inattendues Olympia resta
muette de surprise, et ce ne fut
qu'après quelques secondes qu'elle
put transmettre avec beaucoup de
peine cette réponse, et *dans les mêmes,*
*termes,* à Caroline.

M. Resnel étant entré en ce moment, Don Romualdo fut au-devant
de lui d'un visage serein et lui fit
expliquer par Olympia le sujet de la
conversation et la réponse qu'il venait de faire à Madame de Damoska.
— Homme excellent, lui répondit
M. Resnel, de quel poids affreux
vous venez de soulager mon cœur!
ma digne amie avait raison, votre
fortune me gênait; mais puisque vous
vous êtes expliqué, je pourrai donc
me livrer sans contrainte à ce doux
sentiment d'amitié que je vous porte,
depuis que j'ai pu vous apprécier
tous; et, en achevant ces mots, ils se

serrèrent mutuellement les mains
comme de vieux amis qui, après
quelques bouderies, se seraient ré-
conciliés.

M. Resnel ne craignait plus alors
de permettre à ses enfans de se rendre
aux invitations de Caroline ; et ces
aimables sœurs de Jules, pouvant témoigner avec plus de liberté à la
famille de Dona Inès les sentimens
dont elles étaient pénétrées, se livraient, avec la franchise qui les
caractérisait, aux soins les plus tendres, aux attentions les plus délicates.
Il ne manquait véritablement à cette
intéressante réunion que le retour
de ceux qui seuls pouvaient compléter
leur bonheur.

Olympia n'avait pas eu la force
d'annoncer à son amie l'arrêt fatal
qu'avait prononcé son oncle ; mais
Inès s'apercevant du changement qui
s'était opéré dans les relations de

la famille Resnel avec la sienne, en
avait conçu l'augure le plus favorable ; et comme elle faisait un jour
remarquer à Don Romualdo combien
les jeunes sœurs de Jules étaient
douces, prévenantes et sensibles ;
oui, répondit son oncle, grâce à
quelques paroles que j'ai su prononcer
à propos, nous ne sommes pas privés
de leur société, qui me devient chaque
jour plus chère. Inès témoigna quelque curiosité de les connaître. —
Don Romualdo lui expliqua ce qui
avait amené ces paroles mystérieuses
qu'il lui répéta. Une pâleur affreuse
se répandit aussitôt sur la figure
d'Inès. — C'est tout simple, continua
son oncle, tant que tu as été malade,
tu nous as dit que tu aimais Don
Julio, et tu as prodigué à M. Resnel
une tendresse dont j'étais presque
jaloux ; mais depuis le rétablissement
de ta santé, et surtout de ta raison,

tu as

tu as cessé de tenir ce même lan-
gage, de témoigner la même tendresse à son père, j'ai dû croire que
tes sentimens étaient changés, que
cette prétendue passion pour ce
jeune homme n'était que l'effet de
la maladie ; et ne voulant pas per-
pétuer les scrupules de son père et
me priver de la vue de sa famille,
qui est charmante et bien élevée,
je me suis hâté, interprétant tes sentimens, de le rassurer sur ses craintes
mal fondées. — Ah ! mon oncle, lui
dit Inès ! et vous avez eu le courage
de faire cette réponse à M. Resnel?...
— Oui, ma nièce ; et j'ai dû la croire
convenable, d'après ton silence. Si
elle aimait encore Don Julio, me
suis-je dit, pourquoi nous en ferait-
elle un mystère ? Elle a cédé à cette
passion, sans nous consulter ; son
secret lui est échappé malgré elle ;
mais aujourd'hui, quand nous ne lui

Tome V.                                    5

avons fait aucun reproche du passé,
quand nous lui avons prodigué nos
soins et notre tendresse, peut-elle
avoir conservé le même penchant
pour ce jeune homme, estimable
d'ailleurs, et persister à se taire,
à nous en imposer ?.... non, ce
serait une fausseté qui ne peut s'allier
avec son caractère !.... — Dieu!
s'écria Inès en se précipitant aux
genoux de Don Romualdo, et les
arrosant de ses larmes, que je suis
coupable, mon cher oncle! mais cessez
de m'accabler; je sens l'énormité de
ma faute! — De sorte donc, reprit
froidement Don Romualdo, que tu
aimes toujours le fils de M. Resnel?
— Mon oncle! — Je n'entends pas;
est-ce oui ou non ? — Mon cher
oncle!... — Oui, tu l'aimes encore,
et je n'en puis douter. Puis la relevant avec bonté, il la fit asseoir
sur ses genoux, et la tenant dans ses

bras : ainsi, lui dit-il, pour prix d'une amitié sans borne, d'une tendresse sans égale, tu nous as constamment trompés !... tu t'es jouée de deux vieillards qui ne respiraient que pour ton bonheur ! — Pour Dieu ! mon oncle, cessez ces reproches trop mérités ! — Non, ma fille, répliqua gravement Don Romualdo, il faut tout entendre ; et pourquoi t'épargnerais-je, puisque tu n'as pas eu pitié de nous ? Si, égarée par ta jeunesse, ton inexpérience, ou privée dans ta famille de cette confiance infinie que nous te prodiguâmes toujours, tu avais eu un seul motif apparent de te défier de notre amour, je chercherais à trouver à ta faute un côté excusable ; mais c'est dans la sécurité où tu étais de nous faire accéder à tes volontés, c'est avec la certitude d'être approuvée dans tes goûts, prévenue dans tes désirs, secondée dans tes inclinations, que l'affreux démon de l'intrigue est venu séduire ton imagination romanesque et pervertir ton cœur! Inès, quel affreux triomphe!.... tu nous as trompés !

Ici Don Romualdo, sans avoir égard aux sanglots de sa nièce, continua de la sorte : tu nous as trompés, Inès!... Tu as vu dans quel dédale d'erreurs t'avait entraînée cette première faute. Pure et irréprochable à tes propres yeux, tu n'en as pas moins perdu dans ton pays natal cette fleur de réputation dont une jeune fille ne saurait trop ménager la délicatesse ; tu as fait cent fois pis encore, tu as exposé ton oncle et ta tante à douter un moment de ta sagesse ! ô ma fille, nous, tes père et mère dans ce Monde!

Inès était prête à suffoquer ; mais Don Romualdo était devenu sans pitié.

Égarée par les indignes éloges de quelques fats , de quelques parasites qui s'introduisent presque toujours dans les maisons aisées , tu as fini par te croire d'un esprit supérieur à ton sexe , et tu t'es amusée à te créer en tout des obstacles pour avoir le triste plaisir de les surmonter ; qui sait , hors toi seule peut-être , dans combien d'erreurs tu t'es engagée , à combien d'humiliations tu t'es exposée , seulement pour acquérir le surnom peu satisfaisant d'*originale !*

Ton amie est devenue la victime de tes conseils. Sans ta pernicieuse correspondance , cette vierge, douce et intéressante , n'eût jamais osé s'engager dans une démarche qui devait à jamais porter atteinte à son honneur! En effet, hors Charles , elle et nous, qui pourra croire à son innocence ?

Tu n'as pas été jusqu'à ce jour, et je le sais , sans approfondir les

fatales conséquences qui pourraient
résulter pour cet ange de bonté de
l'indignation de son père. Enfin depuis
ton retour à la santé, tu as reconnu
la grandeur du péril auquel tu nous
avais tous exposés, en te jouant incon-
sidérément de l'honneur et du repos
de deux familles estimables. Cependant, persistant dans un orgueil plus
épouvantable que tes fautes mêmes,
quand je comptais chaque jour sur
un tendre épanchement et une noble
confession de ta part, rien n'a pu
m'annoncer ton repentir!... Tu at-
tends peut-être que je vienne te
dire : ma nièce, tes conceptions sont
charmantes, tu as manqué de nous
faire tous mourir de douleur, mais
on ne pouvait le faire avec plus
d'esprit.

Inès n'y peut plus tenir ; elle s'arrache des bras de son oncle, se précipite à ses pieds! mon oncle, s'écrie-

t-elle, laissez - moi vivre au moins quelques minutes encore pour vous demander pardon!... Don Romualdo garde le silence pendant quelques secondes, il voit sa nièce ayant le visage collé sur la terre : Inès, lui dit-il, relève-toi; fille cruelle, viens le recevoir dans mes bras. Don Romualdo, en se sentant presser, ne put proférer une seule parole; il répandit à son tour, et dans le silence, un torrent de larmes dont son cœur était oppressé; et couvrant sa nièce de ses baisers, il semblait chercher à la consoler de tout le mal qu'il avait été obligé de lui faire. Inès lui avoua que depuis long-tems elle était tourmentée par le besoin impérieux de lui faire un aveu général; mais qu'épouvantée bientôt de cette confidence, la honte...! — La honte la plus cruelle, ma fille, que tu puisses éprouver est de n'être pas venue te

précipiter dans mes bras.... Mais
je t'ai pardonné, que le souvenir
du passé s'efface, occupons-nous à
réparer le mal.

Après avoir essuyé ses larmes et
embrassé sa nièce, il lui dit :

Tu aimes Julio, et je sais qu'il est
digne de ta tendresse; mais j'entre-
vois de grandes difficultés avec cet
homme d'autant plus fier que son
cœur est noble et qu'il se voit
privé de fortune : j'espère cependant
pouvoir les surmonter un jour. Comment a-t-il pu entrer dans ta pensée
que des raisons d'intérêt seraient un
obstacle de notre part à ton bonheur,
quand d'ailleurs de ton côté tu fais
un choix raisonnable ? Nous n'avons
plus que toi sur cette terre, que
nous devons quitter bientôt, et quand
nous voyons notre patrie opprimée,
nos amis persécutés, nos lois anéanties
et notre monarque prisonnier, nous

tournons nos regards vers notre nièce,
comme l'unique foyer sur lequel nous
puissions ranimer encore nos affections flétries par tant de chagrins;
nous soupirons pour toi après un
protecteur, un ami qui puisse nous
donner quelque consolation en des-
cendant au tombeau! Cette tendre
sollicitude émut encore plus le
cœur d'Inès que ne l'avaient fait les
justes reproches de son oncle, qui
finit par lui avouer qu'il avait puisé
tous ces renseignemens dans la visite
secrète de ses papiers et de ceux
de son amie, pendant le voyage. Tu
me pardonneras cette infidélité, lui
dit-il en souriant, je n'avais d'autre
but que ton bonheur et celui de
ton innocente amie.

Don Romualdo engagea sa nièce à
bannir désormais cette mélancolie
qui semblait toujours la dominer :
songe, lui dit son oncle, que tu

nous dois des consolations, et qu'une douce gaieté peut seule nous dédommager.

# CHAPITRE XXXIV.

*Explication terminée heureu-
sement. — Occupations à la
campagne.*

LE Roi *Pépé* avait quitté l'Espagne
momentanément pour venir à Paris
assister au baptême de l'enfant de
son frère et ajouter, par sa présence,
à l'orgueilleuse pompe de cette cérémonie qui se faisait avec une simplicité si touchante sous les précé-
dentes dynasties. De son côté, le père
d'Olympia était de retour de Naples.
Courtisan avant d'être père, il s'empressa d'aller s'humilier devant son
souverain, qui lui parla sur-le-champ
et assez crûment de l'aventure de sa
fille et de l'éclat qu'elle avait eu à
Madrid, en lui demandant comment

il comptait la terminer. Le comte répondit que le coupable étant officier, il avait l'espérance de l'obliger à réparer son outrage, si S. M. daignait obtenir de son frère sa retraite du régiment. Le Roi le lui promit.

Comme c'était le moment d'obtenir des grâces, surtout quand elles ne coûtaient pas plus que celle qui était demandée par le père d'Olympia, cette retraite fut accordée et remise au comte d'Al.... avec une extrême facilité ; on pourvut de suite au remplacement du capitaine, et l'on ne se ressouvint même plus que Charles de Damoski avait été recommandé par le ministre.

Le père d'Olympia, muni de cette pièce, arriva radieux chez Made. de Damoska et annonça cette nouvelle avec l'emphase d'un homme vain et jaloux de donner des preuves non équivoques de l'immense crédit dont il jouissait auprès de son maître. On sut apprécier à sa valeur toutes les hyperboles dont il se servait en rendant compte de la manière dont cette précieuse faveur avait été obtenue, et de la grâce particulière avec laquelle le prince l'avait traité dans cette occasion.

Il fit à sa fille un accueil assez brusque ; ne lui parla nullement du passé, l'engageant seulement, avec un ton d'ironie farouche, à tout faire pour se ménager un asile plus agréable que celui qui lui était destiné pour le reste de ses jours, si le capitaine, par un événement quelconque, ne réparait pas l'outrage qu'il avait fait à son honneur. Olympia, d'après les conseils de Caroline, dévora ces humiliations sans se plaindre : elle lui répondit seulement qu'elle était résignée à tout souffrir de sa part ; mais que, s'il voulait

l'entendre, elle espérait être assez
heureuse pour le convaincre de son
innocence. Il s'y refusa sèchement,
et prévint la famille qu'il ferait peu
pour *cette fille*, qu'on pouvait s'ar-
ranger là-dessus ; qu'il était bien
décidé à ne pas se gêner pour une
telle malheureuse. Quoique l'on sût
bien que cette menace n'était qu'une
vanité pour cacher son peu de fortune, Madame de Damoska lui répondit : nous ne vous demandons
rien que votre fille. Si Charles a fait
une faute, il faut qu'il l'expie ; et
mon fils doit se trouver heureux,
ajouta-t-elle en regardant finement
Olympia, que vous daigniez seulement lui accorder votre consentement.

Le comte d'Al... ne se fit pas prier
quand il vit qu'il pouvait se débarrasser d'Olympia sans bourse délier.
Il eut l'air de se radoucir et se prêta

à tout ce qui était utile pour hâter la conclusion du mariage, dans le cas où Charles arriverait au château inopinément. Quand les actes furent dressés, et que Madame de Damoska eut en son pouvoir les titres nécessaires pour assurer cette union, elle se tourna vers Olympia et lui dit, en présence de toute l'assemblée : venez m'embrasser, ma fille, et ne redoutez plus rien de l'injustice d'un père qui n'a pas daigné approfondir si vous étiez coupable ou innocente. A ces mots, le comte d'Al... piqué voulut répliquer avec hauteur. Sa fille se prosterna à ses pieds et lui dit en sanglotant : mon père, daignez m'entendre, je suis innocente ! — Innocente !... misérable ! quand tu t'es échappée de ton couvent avec le fils de cette maison ! — Elle est innocente, s'écria Inès en se jetant aussi à ses pieds ! — Oui, oui, elle est innocente et pure comme le soleil qui nous éclaire, dit à son tour Don Romualdo d'un ton ferme et solennel ! — Insensés que vous êtes, s'écria le comte d'Al...., cette misérable vous a tous séduits ! — Homme cruel, lui dit M. de Damoski, pourquoi ne pas écouter sa justification ? — Si vous êtes son juge, lui dit M. Resnel avec sévérité, vous devez l'entendre ! — Parle donc malheureuse, lui dit son père en mettant son mouchoir sur ses yeux. Olympia, avec cette résignation angélique, ce calme d'une conscience irréprochable, fit à ses genoux l'historique de sa passion pour Charles, s'accusa constamment d'avoir fait un mystère à son père de ses sentimens pour ce jeune étranger ; mais quand elle fut au point difficultueux de la fuite du couvent de Naval, elle tira de son sein les lettres que Charles lui avait écrites après cet événement. Pour Dieu ! mon père, s'écria cette fille éplorée avec un accent de courage et de vérité qui allait au cœur, daignez les lire ; elles m'ont été adressées à une époque où j'étais loin de m'attendre qu'elles dussent être mises un jour sous vos yeux ; si elles ne me justifient pas, je suis prête à me dévouer.... Son père ne lui ayant pas donné le tems d'achever, s'empara des lettres de Charles et les lut avec la plus scrupuleuse attention. Le silence le plus profond régnait dans l'assemblée ; on attendait avec une sorte de terreur l'effet de cette lecture, qui paraissait l'avoir violemment ému ; lorsqu'après l'avoir achevée, il s'écria, les yeux pleins de larmes : serait-il donc vrai ?... ma fille !... Ces paroles consolantes furent en quelque sorte le signal d'une explosion de sensibilité générale. Oui, oui, s'écrièrent toutes les voix, d'un concert unanime, Olympia est innocente! Madame de Damoska lui donna aussi à lire la lettre de M. Duvernoy. Cet officier, qui avait inspiré au comte une sorte de vénération par la noblesse de ses procédés et la pureté de ses principes, acheva de porter la conviction dans son cœur. Inès, qui attendait le moment de tout éclaircir, lui ayant expliqué le mystère de sa correspondance, et s'étant accusée d'être la seule coupable dans ces événemens, le comte d'Al.... relève sa fille, l'attire dans ses bras, et après l'avoir serrée avec force contre son sein :

— Fille imprudente, lui dit-il, je reconnais ton innocence, je te réhabilite dans mon cœur et te pardonne tous les chagrins que tu m'as faits! A ces paroles, prononcées avec l'accent de la plus vive tendresse, tous

les assistans le voyant revenu aux
plus douces affections de la nature,
se livrèrent à la joie la plus vive.
Madame de Damoska venait dans son
ivresse d'arracher Olympia des bras
de son père pour lui prodiguer les
plus tendres caresses ; il allait se
lever pour la remettre lui-même
entre ses mains, lorsqu'Inès, em-
brassant ses pieds qu'elle n'avait pas
quittés un seul moment, lui dit, dans
cette humble posture : c'est moi qui
suis l'unique auteur de tout le mal ;
mais si le Ciel et mes parens m'ont
pardonné, en faveur de ces respec-
tables familles qui vous entourent,
serez-vous plus impitoyable pour la
pauvre Inès que la Divinité même ?
— Fille cruelle , lui répondit le
comte, de quels affreux momens vous
avez empoisonné mon existence !...
mais je vous ai aussi de grandes
obligations ! Je ne vous accorderai

pourtant la grâce que vous implorez que lorsque vous aurez obtenu de la famille de Jules et de celle de Charles l'oubli de mes torts. A peine eut-il eu prononcé ces humbles paroles que M. de Damoski, se précipitant dans ses bras, s'écria : nous sommes hommes, M. le comte, et nous sommes pères ! ces deux titres suffisent à notre justification mutuelle ; et il l'embrassa avec une vive effusion de cœur.

La réconciliation fut sincère et générale, le comte fit l'aveu de sa situation, mais déclara qu'il voulait et pouvait encore faire une rente de dix mille livres à sa fille. En vain la famille de Charles voulut-elle s'y opposer ; je l'exige, reprit le comte, et tout mon chagrin est de ne pouvoir lui donner une fortune égale à.....
—Olympia, reprit Mad<sup>e</sup>. de Damoska, en l'interrompant, est mille fois plus

riche que mon fils. Quoiqu'il conservât depuis long-tems un fond de ressentiment contre Don Romualdo, qui avait été l'un de ses juges au conseil de Castille, celui-ci le désarma par ces paroles : me suis-je laissé corrompre, dans le prononcé de votre affaire, par l'appât des honneurs ou des richesses ?.... Si je n'ai suivi que l'impulsion de ma conscience, qu'avez-vous à me reprocher ? Plaignez-vous au Ciel d'avoir eu pour juges des hommes n'ayant pas reçu peut-être assez de lumières ; mais s'ils n'ont pas manqué de probité, ils sont quittes envers vous.

Le père d'Olympia ne put passer que quelques jours avec cette famille dont la franchise et la simplicité, compagnes d'une si grande fortune, le touchaient et le pénétraient de respect ; mais son Roi ayant reçu l'ordre de retourner sans délai à

Madrid, il se hâta de prendre congé de ses hôtes pour se mettre en mesure de l'accompagner. Don Romualdo ne put s'empêcher de lui dire : Monsieur le comte, les affaires des français ne vont pas bien en Espagne ; le nouveau Roi a déjà été chassé de sa capitale ; croyez que s'il l'est une seconde fois, ce sera la dernière. Dans ce cas, remerciez la Providence de vous avoir ménagé en France un doux asile au sein d'une famille qui vous sera toute dévouée. Le comte, qui était livré depuis long-tems à la proscription, ne sentit que trop la vérité de cette réflexion, qui ne fit qu'ajouter encore à ses sentimens de vénération pour M. de Damoski. Il partit en annonçant qu'il se chargeait de faire parvenir à Charles son ordre de retraite par la voie la plus prompte et la plus sûre.

A peine fut-il parti que ces familles

se livrèrent à la joie la plus douce, à tous les charmes de l'espérance. Inès et Olympia, soulagées toutes les deux du poids terrible qui depuis si long-tems pesait sur leur cœur, reprirent enfin l'enjouement qui leur était naturel et qui servait si bien au développement des grâces et des ressources de leur esprit; elles rivalisaient entre elles d'émulation pour donner à la famille de Charles, à celle de Jules le plus de preuves d'un véritable attachement. Toutes les conversations, et tous les vœux n'étaient que pour nos deux absens dont on était toujours sans nouvelles.

Il n'y avait rien d'aussi régulier, d'aussi exemplaire que la vie de Made. de Damoska. Elle avait reconnu depuis long-tems qu'un sage et véritable emploi du tems concourt plus que la fortune même au bonheur de l'existence, que le travail convient à tous les états, à toutes les classes, à toutes les conditions. Quoiqu'elle n'astreignît personne à sa manière de se conduire, on la trouvait si affable, si aimable qu'on finissait, en demeurant près d'elle, par se plier à ses habitudes, et l'on était surpris de reconnaître, par l'expérience, combien elles influaient sur le bonheur domestique.

A sept heures du matin, dans l'été, on sonnait la messe qu'un prêtre venait dire dans la chapelle du château. Les domestiques les plus occupés n'étaient pas tenus de quitter leurs travaux pour venir l'entendre; mais depuis le départ de Charles, il n'y avait pas d'exemple que Mad^e. de Damoska y eût jamais manqué. Elle priait avec tant de ferveur pour la conservation de ce fils chéri, que tous ses amis et même les gens de la maison s'étaient fait un devoir scrupuleux

puleux d'unir leurs prières aux
siennes, et sa consolation était grande
quand elle entendait ce concours de
vœux, réchappés de cœurs purs,
s'élever jusqu'au Ciel pour en obtenir
le retour de ce fils bien aimé.

À huit heures, la cloche annonçait
le déjeûner pour toutes les personnes
qui voulaient y prendre part avec
les maîtres de la maison ; les autres
étaient soigneusement servies dans
leurs chambres. Repas charmant où
régnait toujours une douce familiarité,
et que Mad⁰. de Damoska savait rendre
plus agréable encore en y apportant
cette sérénité d'ame que donne une
conscience pure, et cette innocente
gaieté qui se communique si aisément aux bons cœurs. Du thé, du
café, du chocolat, quelques viandes
froides, un excellent pâté de gibier,
un jambon de Bayonne, des fruits
et des confitures permettaient de

varier chaque jour le premier repas,
suivant son goût et son appétit. Là
chacun racontait gaiement ses rêves,
et la manière dont il avait passé la
nuit ; on s'excitait doucement à rire ,
car la famille Damoski aimait les visages
rians et faisait la guerre aux gens
mélancoliques.

A neuf heures, chacun se mettait
au travail : les dames s'occupaient
dans un magnifique salon soit à faire
de la tapisserie , soit à broder. Là
conversation devenait générale ou
particulière, mais le travail durait
sans discontinuer jusqu'à une heure.
M. de Damoski se retirait dans son
cabinet pour y faire sa correspondance et lire ses journaux.

A une heure, on se répandait dans
le parc, dans le jardin anglais ; on
allait visiter les serres et les couches,
examiner les progrès des plantes. La
jeunesse courait et folâtrait jusqu'à

deux heures et demie, heure à laquelle on rentrait pour faire la toilette la plus simple avant de se mettre à table.

A trois heures, la cloche du dîner réunissait tous les convives. Dîner soigné, délicat, abondant et varié; car la famille avait toujours eu une excellente table : c'était une vieille coutume de l'ancienne maison de Mad<sup>e</sup>. de Damoska ; et ce repas, y compris le café, durait ordinairement jusqu'à cinq heures. On y chantait souvent, comme dans l'ancien tems, et M. de Damoski donnait l'exemple par des chansons polonaises.

A cinq heures, des calèches étaient prêtes pour promener les convives jusqu'à sept. Les promenades avaient toujours un but louable. On allait visiter quelques pauvres femmes près d'acoucher, à qui on laissait du linge et de l'argent. On faisait réparer, de ses deniers, quelques chaumières dévorées par un incendie, et l'on allait voir les progrès des travaux; d'autres fois on facilitait des mariages par des dots, des trousseaux dont on se chargeait : chacun avait ses pauvres et ses affligés à secourir. On encourageait le travail, on gourmandait la paresse, tout en la secourant de loin en loin; on ne prodiguait rien, mais on était utile à propos, avec discernement; et chaque fois que les bienheureuses voitures paraissaient, ces malheureux croyaient voir descendre du Ciel des anges de consolation.

A sept heures, l'on rentrait pour jouer à divers jeux de société. Les jeunes personnes faisaient de la musique ou se racontaient des histoires, ou commençaient une lecture intéressante jusqu'à neuf heures. La bibliothèque était ouverte du matin jusqu'au soir à ceux qui voulaient lire isolément,

On servait alors un léger souper, composé seulement de rôtis, salades crêmes, fruits, gâteaux et thé, le tout placé dans un seul service.

A dix heures, chacun se retirait dans son appartement où il retrouvait tous les agrémens de la solitude, de la liberté, et toutes les commodités désirables dans une maison ancienne et bien montée.

Quelques visites chez un petit nombre d'amis, quelques repas d'apparat dans le courant de l'année et des voyages de quelques jours à Paris interrompaient l'uniformité de la vie ordinaire des maîtres de la maison. M. de Damoski se livrait assez habituellement à l'exercice de l'équitation et aux plaisirs de la chasse.

Les domestiques n'y étaient pas nombreux, mais ils servaient avec un zèle, avec une décence et un calme qui charmaient toujours les

étrangers. Don Romualdo disait toujours qu'il ne savait pas comment
on faisait tant de choses dans une
aussi grande maison avec si peu de
monde. Il commençait à se plaire
dans cette agréable contrée et faisait
chercher par M. Resnel une terre
dans les environs où il pût recevoir
à son tour ceux qui avaient fait
goûter à ses vieux jours un charme
et des plaisirs qui lui avaient été
jusque-là inconnus.

Malgré tout le bonheur dont jouis-
saient dans cette agréable maison
Inès et Olympia, elles sentaient qu'il
était imparfait ; leur passion semblait
s'être accrue par l'absence de leurs
amis , et les chagrins qu'elles avaient
ressentis l'une et l'autre avaient encore ajouté à leur amour. C'est le
propre de l'homme de s'attacher
avec plus de force aux objets qui
lui ont coûté le plus de peines. Leurs

vœux, leurs prières et leurs soupirs n'étaient donc que pour le retour de Charles et de Jules. Nous allons voir, dans le chapitre suivant, ce qui avait retardé la réception de leurs nouvelles.

# CHAPITRE XXXIV.

UN événement sans exemple depuis le commencement de la guerre, et qu'on ne savait comment qualifier, venait de se passer à Arroya de Molinos, en Andalousie. Une division anglaise, aux ordres du général H...., était arrivée jusqu'au logement du général G.... sans qu'un seul coup de fusil eût été tiré. Le duc D...., colonel du.... régiment, quinze officiers, deux chefs de bataillon, quatre cents soldats et trois pièces de canon avaient été pris par l'ennemi, sans brûler une amorce.

A peine la nouvelle de ce coup de main fut-elle connue, qu'on ordonna à la cavalerie de poursuivre l'ennemi et d'arracher de ses mains les pri-

sonniers qui s'étaient laissé surprendre, parce qu'on voulait examiner leur conduite. Le régiment
de M. Marsais, se trouvant à cette
époque à quelques lieues du pays où
s'était passé cet événement, avait dû
marcher aussi. Il avait eu déjà avec
l'arrière-garde de la division anglaise
quelques engagemens, dans lesquels
Charles s'était distingué suivant sa
coutume, lorsqu'il reçut l'ordre de
rétrograder et de venir reprendre
ses anciennes positions. M. Marsais,
s'apercevant que le jeune capitaine
tombait chaque jour dans un état
de langueur qui l'affligeait, résolut
de l'éclairer enfin sur l'inutilité de
chagrins qui étaient sans remède.
La rage d'amour, disait-il, est
comme celle des dents, il faut l'ex-
tirper de vive-force, de même qu'on
arrache de la bouche ces dernières
quand elles nous font souffrir. En

vain les amis de Charles le sup-
pliaient-ils de prendre des ménagemens pour lui annoncer ces affreuses
nouvelles, il répondait : ce n'est
pas ma maxime ; il vaut mieux qu'il
souffre beaucoup pendant un instant
et qu'il en soit débarrassé pour toujours. En conséquence de ce système,
il alla un jour trouver le Capitaine
et lui demanda à déjeûner. Tant que
dura le repas, il ne parla que service militaire ; mais la tête un peu
échauffée par l'effet des vins du
pays, qu'il ne s'était pas ménagés,
il lui dit : mon cher Charles, vous
êtes malade ; l'Abbé ne se porte pas
bien ; je connais vos maux, et je
veux vous guérir tous les deux. Ici
Jules et le Capitaine se regardèrent
en souriant. — Non, ce n'est pas
une plaisanterie ; je veux vous guérir.
Mon remède est violent ; mais il est
certain. Vous croyez donc que vos

amourettes me soient inconnues. Si
je ne vous en ai pas parlé plutôt,
c'est qu'au fond cela ne me regarde
pas ; mais je savais que l'Abbé était
au mieux avec la fille de ses
hôtes, Mademoiselle Doña Inès ; il
n'y a rien que de très-naturel là-
dedans ; que Charles avait enlevé du
couvent de Naval sa maîtresse, à
qui il ne s'était sans doute pas amusé
à faire des contes bleus, quand il
pouvait mieux disposé de son tems,
c'est encore tout simple.

Ici le Capitaine et son ami eussent
bien désiré faire revenir de suite
M. Marsais de sa fausse opinion ;
mais le colonel n'aimait pas être in-
terrompu ; et dans la situation physique où il se trouvait, c'eût été à-peu-
près une peine inutile. Ils le laissèrent
donc continuer de la sorte : jusque-
là, mes amis, c'est très-bien, et
vous avez fait, chacun de votre côté ;

ce qu'un galant hommé devait faire
en pareille occasion, ce que j'aurais
fait moi-même ; mais que ces femmes
vous tournent ensuite la tête au point
d'altérer votre gaieté, votre santé,
votre bonheur et votre liberté, oh!
ceci n'a pas le sens commun. Fi
donc! vous chagriner pour des coquettes, et pour des espagnoles encore,
qui, tandis que vous vous échinez ici
contre l'armée anglaise, s'amusent
peut-être à vos dépens ; ah ! Capitaine, je ne vous le pardonne pas,
et encore moins à votre ami l'Abbé,
qui est un garçon d'esprit.

Mais, au surplus, il circule une
nouvelle au corps au sujet de ces
péronnelles, c'est qu'elles ne sont plus
à Madrid. Le père d'Olympia ( c'est
la vôtre, n'est-ce pas Capitaine ? ),
eh bien! son père l'a fait enlever de
la capitale pour la déposer à Rome,
au couvent des filles repenties, quoi-

que peut-être elle ne le soit guères,
et pour le reste de ses jours, ce qui
pourra lui sembler long, puisque la
fille est jeune.

Quant à la vôtre, mon cher Abbé,
c'est bien pis, elle est devenue folle;
et comme elle divulgue une foule
de petits péchés mignons qu'il n'est
pas nécessaire que tout le monde
sache, on l'a casernée également à
Rome, dans une maison *ad hoc*,
ajouta-t-il en poussant un hoquet
vineux. Tenez, voici au surplus des
lettres de mon fripon de neveu qui
vous mettront au courant de ces
anecdotes. ( Ici Charles s'empara des
lettres. )

Or ça, leur dit-il en se levant,
je vous donne jusqu'à demain pour
vous affliger tout votre content,
parce que c'est encore naturel : on
ne perd pas sa maîtresse, quand elle
est jolie, sans la regretter un peu

Donnez-vous-en donc à cœur joie jusqu'à demain, pleurez même si cela peut vous soulager; mais souvenez-vous qu'à neuf heures vous venez déjeûner chez moi et que j'entends que l'on m'apporte un visage gai et serein. Adieu, mes amis; j'ai la tête un peu fatiguée; et je vais prendre l'air. Allons, morbleu, du courage, de la philosophie; j'ai connu quelquefois ces chagrins-là, mais ils ne m'ont jamais duré plus de vingt-quatre heures.

A peine fut-il sorti que Jules et Charles lurent avidement les lettres de Dufresne; et s'appuyant l'un sur l'autre comme deux arbres déracinés par l'orage qui se soutiennent quelques instans par leur propre poids, ils cherchaient à se consoler mutuellement et ne trouvèrent pas d'expression. Charles fut le premier à prendre la parole : le voilà donc

expliqué cet épouvantable silence !
et ne trouvant pas une larme dans
le fond de son cœur, il se mit à
discourir froidement sur les circonstances de cet acte tyrannique. Son
père, répétait-il souvent, oh ! le
barbare ! et il ne dit plus rien le reste
du jour. Jules n'était guères plus que
lui en état de lui offrir des consolations ; on sait, d'ailleurs, que les
grandes douleurs sont muettes.

Cependant le colonel avait annoncé
au corps que le coup était porté, et
chacun des camarades de Charles
semblait en éprouver du soulagement.
Quelle nécessité, disaient-ils, que
ce brave garçon consume sa vie dans
d'inutiles regrets ! le colonel a bien
fait de le délivrer du fardeau d'une
espérance qui devait être trahie.
Ce qu'il y eut de plus extraordinaire,
c'est qu'il assista le lendemain au
dejeûner de son chef, et que, sans

affecter une gaieté qui était loin
de son cœur, il répondit à tout avec
une sorte de liberté à laquelle on
était loin de s'attendre.

Mais Jules, dont on ne pouvait
tromper la tendre sollicitude, était
plus affligé de ce calme terrible qu'il
ne l'eût été des plus effrayantes convulsions du désespoir. Il cherchait
à le faire parler de ses chagrins,
à l'entretenir de ses justes regrets,
à ramener même le calme et l'espérance dans son cœur. Après tout,
lui disait-il, le tems est un grand
maître ; il te reste au moins l'espoir
de revoir un jour ta maîtresse, de
la retrouver fidèle à ses sermens !
Hélas ! cette douce consolation m'est
ravie !.... Mais toutes ces paroles se
perdaient dans le vague de l'air et
semblaient ne pouvoir plus pénétrer
jusqu'à son cœur. Il ne répondait à
rien de ce qui concernait ses amours,

et ne prenait la parole que pour en
détourner la conversation.

Le régiment venait de recevoir
l'ordre de quitter l'Andalousie pour
rentrer en Estramadure et s'avancer
vers Alcantara où l'armée anglaise
paraissait vouloir se réunir pour
tenter de nouvelles entreprises.
Charles parut recevoir avec joie l'avis
de ce mouvement ; cependant deux
jours plus tard, il eût reçu les lettres
de sa famille et de sa bien aimée,
il aurait connu le lieu qu'habitaient
Inès et Olympia ; mais la fatalité la
plus cruelle semblait le poursuivre.
Il se mit en route pour aller à la
rencontre de l'ennemi, avec une
sorte de joie ironique et concentrée
qui avait quelque chose de sinistre.

# CHAPITRE XXXV.

*Dernière catastrophe.*

CEPENDANT le comte d'Al.... venait de rentrer dans la capitale, et se disposait à expédier des courriers extraordinaires pour voler sur les traces de son gendre, lui remettre l'acte de sa liberté, la nouvelle consolante de sa prochaine union avec Olympia et l'invitation la plus pressante de revenir par Madrid pour recevoir, dans ses embrassemens, le gage de sa tendresse et la douce récompense qu'il méritait, pour avoir su respecter l'innocence de sa fille; mais le quinzième jour après le départ de ces courriers, il reçut la réponse

suivante de M. Duvernoy, à qui il
avait fait parvenir, par la même
occasion, des lettres de M. de Damoski, en l'informant de tout ce qui
s'était passé en France au sujet de
Charles :

« Ouvrez votre ame à la douleur,
» Monsieur le comte, Charles et
» Jules ne sont plus : la mort, l'im-
» pitoyable mort, qui semble épar-
» gner si long-tems le vice et la
» misère pour frapper de préférence,
» tout-à-coup, de sa faux cruelle la
» richesse et la vertu, vient de
» moissonner les deux hommes les
» plus estimables de notre régiment,
» peut-être de l'armée entière.

» La compagnie du capitaine, tou-
» jours la mieux montée et la mieux
» disciplinée, formait l'avant-garde
» du régiment ; n'ayant qu'un quart-
» d'heure d'avance pour éclairer
» notre marche et nous garantir des

» embuscades; elle côtoyait les mon-
» tagnes de Cadescira, lorsqu'un ré-
» giment de dragons anglais, instruit
» de leur passage, débouchant tout-
» à-coup des gorges de ces monta-
» gnes sur la grande route, leur
» coupa toute retraite et les priva
» même de la faculté de nous pré-
» venir de leur danger. Plein de
» sang-froid et d'intelligence, le ca-
» pitaine les attira dans la plaine en
» rétrogradant sur ses pas, afin de
» recevoir plus promptement notre
» secours; mais sur le point d'être
» atteint, et voulant périr avec
» honneur, il profita du peu d'es-
» pace qui lui restait pour faire face
» à l'ennemi et le charger avec la
» rage du désespoir. C'est dans ce
» brillant combat, où luttant avec
» une intrépidité digne du meilleur
» sort, après avoir vu périr sous ses
» yeux son ami le plus cher, qui,

» suivant son habitude, s'était jeté
» plusieurs fois au-devant des coups
» qu'on voulait lui porter, qu'il a
» succombé lui-même, percé de
» toutes parts et atteint de plusieurs
» balles. Cet événement s'étant passé
» près de la grande route, nous ne
» sommes arrivés, Monsieur, que
» pour être en passant les tristes
» témoins de la cruelle agonie d'une
» mort si glorieuse. Elle a répandu
» la désolation dans le régiment en-
» tier. Obligés de poursuivre l'ennemi
» qui rentre en Portugal, où nous
» ne devons pas pénétrer, nous es-
» pérons à notre retour leur faire
» rendre les derniers honneurs dus
» à leur courage et à leurs vertus.

  » Presque tous les hommes de leur
» compagnie se sont fait immoler à
» leurs côtés ; et si la vraie bravoure
» et le courage le plus héroïque
» avaient pu conserver leur exis-

» tence, ils seraient encore au milieu
» de nous.

» Je ne prendrai jamais sur moi
» la résolution d'apprendre à la fa-
» mille du capitaine la nouvelle de
» cette déplorable catastrophe; mais
» je me charge de veiller à ce que
» notre conseil d'administration fasse
» parvenir exactement leur acte mor-
» tuaire au ministre de la guerre.

» Je vous écris de notre première
» halte, séparée des ennemis par un
» profond ravin, dont la communi-
» cation a été coupée. Votre courrier
» a eu le courage de courir après
» notre régiment, malgré les dangers
» et sa marche précipitée.

» J'aurai soin, Monsieur le comte,
» de vous adresser tous leurs papiers,
» qu'on retrouvera sans doute, l'en-
» nemi n'ayant pas eu le tems de
» mettre pied à terre pour les piller,
» et leurs chevaux ayant été tués
» sous eux.

» Si nos regrets pouvaient ap-
» porter quelques consolations à vos
» maux, je vous dirais que le colo-
» nel et tout le régiment ont pris le
» deuil de nos amis, en attachant
» une cravatte de soie noire autour
» de leurs bras, pour manifester leur
» douleur partout où ils passeront.
» C'est tout ce que peuvent faire de
» pauvres militaires toujours en cam-
» pagne et harassés de fatigue.

  » Adieu, Monsieur le comte; je
» ne vois plus ce que j'écris.

      « *Le chef d'escadron,*

          » Duvernoy. »

  Par une inconcevable fatalité les
mauvaises nouvelles circulent toujours avec une rapidité étonnante;
et tandis que nos héros d'amour et
d'amitié avaient été privés si long-
tems de lettres qui eussent fait leur
joie et leur plus chère consolation,
la réponse au comte d'Al..... lui
parvint sans que le courrier qui

l'apportait eût éprouvé le moindre
obstacle.

Comment peindre le désespoir où
le plongea cette nouvelle affreuse;
il avait publié partout le prochain
mariage d'Olympia avec un riche
héritier français, d'ancienne maison;
et quoiqu'il n'eût négligé aucune
occasion de répandre aussi qu'il avait
reconnu l'innocence de sa fille, il
sentait, dans la malice naturelle au
cœur humain, qu'il n'y aurait jamais
que lui en Espagne qui pourrait y
croire et qu'il ne devait plus espérer
pour elle d'établissement avantageux
dans son pays. Il connaissait, d'ailleurs, Charles sous des rapports si
satisfaisans, et la noble conduite de
sa famille envers sa fille l'avait tellement pénétré de respect et de
reconnaissance qu'il éprouva une
douleur véritable de cette mort si
prématurée.

Après

Après avoir combattu long-tems avec lui-même pour savoir s'il devait en transmettre l'affreuse nouvelle à son père et à sa mère, il se décida à attendre l'envoi des papiers promis par M. Duvernoy, dans le cas où l'on en trouverait dans ses équipages.

Cependant, Belval et Dufresne, ayant appris que le comte d'Al.... était de retour, s'informèrent, par leurs moyens ordinaires, de ce qu'étaient devenues Olympia et Inès. Quel fut leur étonnement en apprenant que le père de la première était revenu de France au comble de la joie; qu'après avoir reconnu son innocence et celle de Charles, il avait arrêté avec sa famille le mariage de ces amans, sous les auspices de la naissance, de la fortune et de l'amour; que Dona Inès, après avoir recouvré la santé et la raison, était également destinée à s'unir à Don Julio, dont

Tome V.                           7

les parens étaient devenus les amis les plus chers de Don Romualdo et de son épouse. Mais quels furent leur consternation et leurs regrets quand Dufresne reçut de son ami du régiment la lettre suivante :

« Quoique habitués, mon cher Du-
» fresne, à voir tomber chaque jour
» nos meilleurs amis à nos côtés,....
» il en est cependant qui semblent
» rouvrir à la fois toutes les plaies de
» notre cœur, et c'est ce que vient
» de nous faire éprouver la mort du
» brave camarade Damoski et de son
» digne ami l'Abbé Poulet.

» Ils ont succombé l'un et l'autre
» comme nous nous y attendions tous,
» en héros. Ce qu'il y a d'affreux, c'est
» que ce malheureux jeune homme
» a volé de lui-même au-devant de
» son affreuse destinée. Ce n'était pas
» au tour de sa compagnie à faire
» l'avant-garde, il a insisté, pressé,

» supplié notre colonel qui, enfin,
» a consenti à ce remplacement.

» Nous ne doutons plus main-
» tenant que ce jeune homme n'ait
» eu l'intention de chercher la mort
» au sein des combats, malgré les
» efforts continuels du malheureux
» Jules pour le détourner de cet
» horrible projet. Nous ne sommes
» aussi que trop certains que tes
» deux lettres, que ton oncle lui
» avait communiquées en dépit de
» nous et sans aucune préparation,
» n'aient bouleversé son ardente ima-
» gination et son cœur trop sen-
» sible. Ce qu'il y a de certain,
» c'est que le matin même de cet
» événement, notre camarade P.....
» entendit entre eux, derrière la
» haie du jardin où ils étaient logés
» et où sans doute ils se croyaient
» seuls, le dialogue suivant, dont
» les expressions le frappèrent tel-

» lement qu'il prétend que pas un
» mot ne lui est échappé de la mé-
» moire.

» *Jules :* Barbare! tu veux mourir;
» oui, tu le veux !

» *Charles :* D'où te vient cette af-
» freuse idée ?

» *Jules :* Pourquoi marches-tu
» avant ton tour ?

» *Charles :* Pour la sécurité du ré-
» giment, ma compagnie étant la
» mieux montée.

» *Jules :* Tu me trompes, Charles.

» *Charles :* Tu sais que depuis mes
» chagrins, j'aime aussi à marcher
» isolément.

» *Jules :* Pourquoi, depuis quel-
» ques jours, me presser de te quitter,
» sous le prétexte de m'envoyer à
» Madrid auprès du comte d'Al....?

» *Charles :* Ah ! Jules, c'est que
» j'étais persuadé que tu l'aurais
» fléchi, désabusé, attendri......

» *Jules* : Tu me trompes encore.

» *Charles* : Depuis que je suis mal-
» heureux, mon ami, toutes mes ac-
» tions ont le malheur de te déplaire.

» *Jules* : Malheureux ! le suis - je
» moins que toi, cruel ? En quoi
» mon sort peut-il te faire envie ?
» Non, Charles, tu veux mourir ;
» mais tu ne mourras pas seul, j'es-
» père te devancer.

» *Charles* : Tu me déchires l'ame,
» Jules ; n'ai-je pas assez de mes
» peines ?

» *Jules* : Ainsi donc la vertu s'éteint
» dans ton cœur ! ton amante, tes
» parens, tes amis, tant d'êtres sen-
» sibles et généreux qui ont attaché
» la joie de leur vie à ton existence....?

» *Charles* : O, mon ami ! ta raison
» s'égare ; je dois mourir parce que
» je suis d'avant-garde ? Combien de
» fois j'en suis revenu sans avoir
» même vu l'ennemi ?

» *Jules :* Cruel ! Pourquoi donc
» marcher avant ton tour ?

» *Charles :* Irai-je maintenant m'en
» dédire , après l'avoir si vivement
» sollicité ? N'en parlons plus , Jules ,
» tout ira bien.

» *Jules :* Promets-moi au moins
» d'échapper si tu le peux.....

» *Charles :* A la honte , Jules ,
» je te le jure.

» Telle fut, mon cher Dufresne,
» la dernière phrase qu'entendit notre
» camarade, car Charles reprit à
» grands pas le chemin des écuries
» où étaient ses chevaux, et le
» pauvre Abbé était resté seul, son
» mouchoir sur les yeux et sanglotant,
» sans se douter que son ami l'eût
» quitté avec tant de promptitude.

» Le colonel est vivement affecté de
» cette perte ; il voulut au retour les
» faire enterrer militairement ; mais
» le lendemain nous retrouvâmes

» bien le monceau de cadavres et de
» chevaux au milieu duquel nous les
» avions vus tomber prêts à rendre
» les derniers soupirs , mais nous ne
» pûmes jamais découvrir leurs corps.
» J'ai vu deux de nos derniers cons-
» crits , à qui ils avaient sans doute
» donné quelques consolations , si
» étonnés de ce qu'on ne les retrou-
» vait pas , qu'après avoir fait le signe
» de la croix , ils nous dirent naïve-
» ment que le bon Dieu les avait
» sans doute enlevés dans sa gloire.
» — Que ce soit Dieu ou le diable
» qui les ait enlevés ( dit brusquement
» notre colonel ) , la cérémonie est
» faite , et mon intention n'en reste
» pas moins pure. Il fit alors marcher
» en avant : les parages où nous étions
» n'étant pas trop sûrs.

» De retour à notre ancien can-
» tonnement , il était arrivé trois
» courriers à la fois , qui tous ap-

» portaient des lettres pour Charles

» et pour Jules. M. Duvernoy et le

» colonel ne se firent aucun scrupule

» de les ouvrir ; car ils traitaient,

» depuis long-tems, Charles et Jules

» comme leurs enfans. Quelle fut leur

» surprise, quels furent leur étonne-

» ment, leur désespoir, en apprenant

» que tous leurs vœux étaient couron-

» nés et que l'on n'attendait plus que

» leur arrivée chez leurs parens pour

» consommer une union qui devait

» faire le bonheur de ces familles in-

» téressantes ? Notre colonel s'est

» alors reproché d'avoir causé leurs

» chagrins ; il est furieux contre toi :

» il t'accuse et te maudit ; il prétend

» que tu savais sans doute la vé-

» rité, que tu n'as pas jugé à propos

» de faire connaître au régiment pour

» des raisons, dit-il, qui apparem-

» ment t'étaient particulières. En

» vain je lui fais observer qu'il n'é-

» tait pas présumable que tu eusses ,
» de gaieté de cœur , déchiré celui
» de Charles, d'un si noble camarade ;
» il est resté convaincu que tu as
» calomnié ces deux femmes , pour
» les brouiller peut-être avec leurs
» amis ; qu'il y a quelque chose là-
» dessous qu'il espère découvrir un
» jour ; mais qu'il ne te pardonnera
» jamais, s'il te trouve coupable , en
» cette affaire , de mensonge ou
» seulement d'exagération. J'ai donc
» cru devoir te prévenir , afin
» que tu te tiennes sur tes gardes.
» Depuis que ton oncle a eu con-
» naissance de l'entretien de Charles
» avec l'Abbé , le matin de l'affaire,
» il ne peut se pardonner sa con-
» descendance pour Charles. M. Du-
» vernoy est également plongé dans
» l'affliction. On suppose que comme
» ils avaient beaucoup d'or et de
» papiers dans leur ceinture , dans

» la crainte qu'on ne revînt les en-
» terrer le soir même, quelques
» lâches traîneurs, comme il s'en
» rencontre dans tous les corps, les
» auront enlevés pour les piller
» plus à l'aise. Cependant on a battu
» toutes les haies, tous les fossés
» et les buissons sans avoir pu les
» retrouver.

» Le régiment fait pitié. Nous se-
» rons obligés de venir nous refaire
» à Madrid ou dans les environs,
» car il ne nous reste pas même la
» moitié de notre monde, et nos
» chevaux sont sur les dents.

» Ci-joint est la liste des officiers que
» nous avons perdus depuis notre
» départ de cette capitale. C'est un
» beau moment pour t'avancer, si tu
» n'étais pas mal avec ton oncle.

» Adieu. »

Si Charles et Jules avaient souffert
à la lecture des lettres de Dufresne,

celui-ci éprouva un chagrin violent
en lisant tous ces cruéls détails. Il accusa Belval de l'avoir trompé en ce
qui concernait Olympia, et s'accusa
lui-même d'avoir écrit trop légèrement sur la foi d'un valet. Quoiqu'il fût peu susceptible d'un véritable attachement, il regretta le
jeune Capitaine qui l'avait si hon-
nêtement accueilli, et l'Abbé qui lui
avait si galamment prêté de l'argent.
Au demeurant, disait-il, c'étaient
de bons diables ; mais aussi pourquoi
vont-ils se faire tuer pour des femmes ?
est-ce que cela en vaut la peine ? Ce
qui l'inquiétait davantage c'était d'a-
voir calomnié ces dernières, d'avoir
chargé le tableau en les dépeignant
comme de franches coquettes. Il
craignait que son oncle, dans sa
colère, n'exigeât qu'il lui fît connaître la source de ces renseignemens.
Il savait qu'il était violent, entier

dans ses résolutions ; il redoutait sa
vengeance, car il était homme à le
déshériter, à l'abandonner, enfin à
le faire souffrir de toutes manières,
s'il apercevait une intention formelle
d'avoir voulu nuire à Charles et à
Jules. Ses anxiétés ne pouvaient s'exprimer ; il regardait avec inquiétude
les troupes qui rentraient en ville par
la porte de Tolède, s'imaginant toujours voir arriver son régiment. Dans
l'amertume dont il était abreuvé , il
fit des reproches à Belval de l'avoir
trompé ; l'accusa d'être en partie
cause de la mort de Charles et de
l'Abbé. Celui-ci lui répondit comme
à son ordinaire, d'un ton goguenard,
et se moqua des regrets de Dufresne
qu'il tourna même en ridicule ; ils
se brouillèrent. Belval ne manque pas
de tirer parti de cette circonstance
et de divulguer partout l'histoire de
la mystification ; il l'écrivit même au

régiment de Dufresne, et ce dernier
devint bientôt l'objet des sarcasmes
de tous ses camarades. Dufresne ne put
méconnaître celui qui l'avait rendu
partout un objet de dérision et de
mépris; il provoqua de nouveau Belval : c'était ce que désirait celui-ci.
Tous les souvenirs de son premier duel
s'étaient réveillés dans son cœur, et il
espérait cette fois être moins malheureux, se venger de Dufresne et surtout venger aussi l'injustice d'un sort
trop aveugle qui avait permis qu'il fût
blessé, quoiqu'il eût raison. Ils se
battirent donc au pistolet; et Belval,
sans être plus heureux pour son
compte, puisqu'il eut une cuisse
cassée par la balle de son adversaire,
eut au moins, en tombant, la consolation de briser l'épaule droite de
Dufresne et de le mettre hors d'état
pour long-tems de faire de nouvelles
caravanes. Ils en guérirent l'un et

l'autre, mais ils furent obligés de changer de corps, car ils devinrent, chacun dans son régiment, un objet de haine. L'empressement qu'on mettait à les éviter devint une juste, mais terrible punition de l'inconséquence funeste et de la démoralisation qu'ils affichaient partout avec une impudeur d'autant plus grande qu'ayant été doués par la nature de beaucoup d'esprit ils avilissaient ce don rare et précieux en soutenant les plus affreux paradoxes pour se distinguer des autres jeunes gens et légitimer leur mauvaise conduite.

# CHAPITRE XXXVI.

Monsieur Duvernoy avait écrit de nouveau au comte d'Al.... et lui transmettait les mêmes détails que ceux que donnait la lettre adressée à Dufresne dans le chapitre précédent. Le père d'Olympia qui était harcelé par la famille Damoski, à cause de son silence depuis son arrivée à Madrid, se décida enfin à l'instruire de l'affreuse nouvelle de la mort de Charles et de Jules. Il fit donc un paquet des différentes lettres de M. Duvernoy, y ajouta tout ce qu'il savait du duel de Belval et de Dufresne qu'il regardait à juste titre comme les premiers auteurs de la mort de ces jeunes gens ; adressa le tout à M. Resnel avec une note explicative de l'enchaînement de toutes ces circonstances. Il avait chargé une personne résidant à Paris de faire le voyage de M.... pour remettre à M. Resnel seul cette fatale missive dont les cachets devaient en quelque sorte le préparer aux tristes nouvelles qui s'y trouvaient contenues. Je connais votre sensibilité, lui mandait le comte, mais je connais aussi votre courage et votre amour pour la famille Damoski : vous saurez les préparer tous au coup funeste sous lequel succomberait indubitablement celle qui fut la mère de Charles, s'il n'était pas porté avec tous les ménagemens qu'exigent la délicatesse de son organisation physique et l'excessive tendresse qu'elle portait à ces vertueux enfans.

Je n'en adresserai pas moins à ma fille le contrat de dix mille francs de rente que je lui fais, et je vais prendre des mesures pour qu'elle

en touche le montant à Paris, ne
voulant pas, quelle que soit la fortune de Made. de Damoska, que mon
Olympia sóit à charge à personne, etc.

La tristesse la plus profonde régnait depuis long-tems au château
de M.... Tant que les espérances
avaient pu naturellement se soutenir
par le calcul raisonnable de tous les
obstacles qui avaient pu arrêter les
lettres, chacun s'était empressé de
montrer une confiance et une résignation dont le motif était surtout de
diminuer les peines secrètes qui paraissaient tourmenter la maîtresse de
la maison; mais le septième mois s'é-
tait écoulé et l'on n'avait reçu aucune
réponse à la multitude de lettres qui
avaient été adressées : un sentiment
d'inquiétude, voisin du désespoir,
s'était emparé de tous les cœurs;
les réunions étaient devenues silencieuses, le sourire avait disparu de

ces figures naguères si vives , si animées. Olympia et Inès semblaient redoubler d'attachement et d'amitié
envers leur bienfaitrice ; car elles
considéraient comme telle Madame
de Damoska. De son côté , la mère
de Charles était touchée du tendre
sentiment qui les animait et des
moyens ingénieux qu'elles mettaient
en usage pour adoucir ses maux,
Mais un cœur comme celui de Caroline ne pouvait connaître de vé-
ritables consolations : tout en rendant
hommage et en se prêtant aux efforts
de ses nouveaux enfans , elle n'en répandait pas moins des larmes dans
le silence, en perdant chaque jour une
partie de ses espérances de la veille.

C'était dans cette situation morale ,
affligeante à la vérité, mais la plus favorable à la réception de la cruelle
nouvelle dont elles étaient menacées,
que se trouvaient nos trois familles ,

quand le terrible paquet fut remis à M. Resnel aves toutes les précautions exigées par le comte d'Al....

O père infortuné ! quels affreux présages viennent de s'emparer de tout ton être à la vue de ces sombres cachets, premiers courriers de la mort ! Le cours de ta respiration semble suspendu, tes mains tremblantes n'osent rompre le funeste sceau qui tient renfermé le secret horrible que ton cœur a déjà pénétré à travers le frèle voile qui le couvre !

Seul, renfermé dans son cabinet, séparé de tout ce qui lui est cher, M. Resnel hésita long-tems à consommer ce douloureux sacrifice ; enfin, l'austère raison le rappelant à lui-même, il brise la première enveloppe et reconnaît que la main de l'amitié a voulu adoucir ses douleurs paternelles en écrivant sur la seconde ces mots terribles qui le préparent à tout :

*Soumettez - vous aux décrets du Tout - puissant, et n'envisagez plus que l'éternité.*

Ils sont morts, s'écria-t-il ! et rompant la dernière barrière, il a l'effrayant courage de lire en entier toutes les pièces déchirantes de cette funèbre correspondance.

O mort ! souveraine propriétaire de tous les êtres, qui précipites dans l'éternelle nuit les Empires et les Rois, qui menaces les astres même d'une destruction générale, ne peux-tu te contenter de ces grandes victimes ! Pourquoi ta haine implacable s'attache-t-elle aussi à des atomes ! Pourquoi choisir pour but de tes vengeances deux êtres innocens et jeunes qui n'avaient pas encore commis une seule action indigne de leur Créateur ! Cruelle ! de quels traits affreux tu viens de déchirer mon cœur !

C'est par ces plaintes douloureuses,

mais inutiles, que M. Resnel exhale la première explosion de l'horrible chagrin qui le dévore ; mais bientôt une idée aussi funeste que la mort qu'il vient d'apprendre semble suspendre un instant ses esprits et le précipiter dans un nouveau gouffre de terreur : c'est à lui qu'est réservé le déplorable devoir d'instruire la famille de Charles de cette épouvantable catastrophe ; il faut qu'il déchire à son tour ces cœurs sensibles des mêmes flèches qui viennent de traverser le sien ; qu'il devienne envers ses amis, ses bienfaiteurs, le sinistre artisan du désespoir et de la mort. Ici son courage l'abandonne ; c'est en vain qu'il implore à genoux, et les mains levées vers le Ciel, la religion, cette consolatrice éternelle du genre humain : la religion elle-même ne peut lui indiquer les moyens d'éluder ni d'adoucir la funeste mission dont il est chargé.

M. de Damoski venait de frapper à la porte de son cabinet, sans se douter des motifs affligeans qui l'y tenaient renfermé. A ce bruit, M. Resnel est un moment saisi de terreur! il reconnaît bientôt la voix de son bienfaiteur qui lui dit, avec bienveillance : c'est moi, mon ami, je n'ai que quelques mots à vous dire. Il se lève en chancelant, lui ouvre et va retomber presque sans connaissance sur le siége le plus près de la porte. M. de Damoski épouvanté jette les yeux sur une table, il y découvre les funestes papiers encore tout trempés de ses larmes. — Qu'y a-t-il donc, s'écrie-t-il avec effroi ? — Arrêtez, lui dit M. Resnel, d'une voix presque éteinte ; .... mais les noms de Charles, de Jules ont frappé la vue de son ami ; il lit, il dévore, il boit à longs traits le breuvage corrosif et mortel ! Bientôt il s'enivre avec

une sorte de cruauté de tous les
moindres détails relatifs à ces malheureux enfans, enfin tous les sentimens de la douleur ont pénétré dans
son cœur ! Il est plein, il déborde ;
il ne lui reste plus rien à apprendre.
Il fait un pas pour sortir du fatal
cabinet, c'est alors qu'il aperçoit son
ami privé du sentiment. Cette image
affreuse suspend un moment sa douleur : il enlève la funeste correspondance, la cache à tous les regards,
la dépose dans son sein, appelle du
secours et ne quitte plus son ami
qu'il n'ait recouvré l'usage de sa
raison. Puis il fait retirer tout ce qui
l'importune et reste seul avec lui.

# CHAPITRE XXXVII.

CEPENDANT la scène qui venait de se passer dans le cabinet de M. Resnel avait pénétré jusqu'au salon. L'inquiétude et l'effroi s'étaient emparés de tous les cœurs. On avait volé au secours du père de Jules ; mais le ton de sévérite avec lequel M. de Damoski s'était empressé de renvoyer tout le monde à l'instant où son ami était revenu de sa syncope , loin d'avoir calmé les craintes n'avait fait qu'accroître les soupçons. Pourtant on n'avait pas eu connaissance qu'il fût arrivé de courriers ni de lettres, et les conjectures , quoique portées à l'infini , se trouvaient toujours vagues et sans point d'appui ; seulement la tristesse et le silence devinrent plus pofonds.

De leur

De leur côté, les pères de nos malheureux héros payaient à la nature le tribut de larmes qu'elle impose à tous les cœurs sensibles, et se concertaient sur les mesures les plus convenables pour disposer leurs familles à recevoir le coup affreux qui les avait frappés.

Les hommes se plaignent toujours de la Providence dans les grands revers dont ils sont accablés ; s'ils voulaient réfléchir par quels moyens tendres et ingénieux elle sait venir à leur secours dans leurs plus cruelles afflictions, de quel profond sentiment de reconnaissance ils se sentiraient pénétrés pour cette main invisible et divine qui vient aussitôt familiariser l'homme avec l'adversité, le relever, l'encourager à supporter les maux les plus cruels et le détourner de ses propres souffrances en intéressant son cœur à celles de ses semblables. En

effet, M. de Damóski et M. Resnel semblaient s'être déjà résignés à leur
sort, et toutes leurs inquiétudes se
reportaient sur les objets confiés à
leur tendresse. Le père de Charles,
comme ancien militaire, éprouvait
une sorte de consolation à laquelle
Made. de Damoska eût toujours été
sensible, son fils étant mort glorieuse-
ment. M. Resnel avait aussi part à l'héroïque fin du capitaine, en reportant
sur Jules une portion de l'honneur
dont celui-ci s'était couvert : il a été, se
disait-il, au-devant des premiers
coups dirigés contre Charles, et il
est mort, sous ses yeux, fidèle à l'a-
mitié. Mais que ces motifs humains,
tout nobles qu'ils peuvent être, ont
peu d'effet pour appaiser le cœur
d'une mère, celui de deux amantes
et de trois sœurs qui toutes les ado-
raient ! La gloire, l'amitié, l'héroïsme,
loin d'être des vertus aux yeux des

femmes, quand leurs affections sont brisées, leurs espérances trahies, leur deviennent odieux, parce qu'aucun sacrifice, si sublime qu'il soit, ne peut remplacer, dans leur ame aimante et sensible, l'objet de leur tendresse. C'est un feu dont on voudrait vainement conserver la flamme en retirant les matières qui l'alimentent. Il ne fallait donc pas espérer d'adoucir l'amertume des regrets de Caroline, d'Inès, d'Olympia et des sœurs de Jules par le récit des éminentes qualités des deux victimes.... Ce qui pouvait alléger les souffrances des deux pères n'aurait pû qu'irriter leur propre douleur. Tant que les femmes conservent un rayon d'espérance, elles supportent toutes les privations avec plus de courage peut-être que les hommes; mais si ce rayon vient à s'éteindre, leur sensibilité exaltée les livre à toutes les

horreurs du désespoir ; elles se des-
sèchent, languissent et meurent ;
ou si elles survivent à leur passion,
ce n'est que pour offrir la déplorable image du trouble moral, de
la confusion des idées et du désordre
d'une imagination en proie à toutes
sortes d'égaremens

M. de Damoski et M. Resnel s'abs-
tenaient depuis deux jours de paraître à table sous différens prétextes,
parce qu'ils sentaient qu'ils ne pourraient retenir leurs larmes. Des cour-
ses à cheval, pour de prétendus intérêts
domestiques, les retenaient dehors
une partie de la journée et leur
permettaient de se livrer sans témoin
à toute leur douleur. Ils éprouvaient
même une sorte d'adoucissement en
se parlant sans cesse des objets res-
pectifs de leur tendresse ; mais
ces prétextes devaient cesser ; Mad<sup>e</sup>.
de Damoska, qui ne pouvait soup-

çonner son mari capable même d'une feinte officieuse à son égard, commençait à s'alarmer de ces absences. — Mon ami, lui dit-elle le matin du troisième jour, M. Resnel n'est point dans l'habitude de vous fatiguer des détails de l'administration dont il est chargé. Qu'y a-t-il d'extraordinaire ? qui peut troubler notre sécurité ? M. de Damoski voulut, mais d'un ton qui n'était plus en harmonie avec ses paroles, alléguer de prétendues contestations sur des limites, la nécessité d'éviter un procès par sa présence. — Et c'est après vingt années de confiance, lui dit-elle les larmes aux yeux, que tu veux tromper ta Caroline !.... Cette seule observation et le son de voix dont elle fut prononcée furent l'écueil où vinrent se briser les efforts et la constance de ce malheureux père. Pâle, les traits décomposés, les yeux nageant dans les larmes; — Oui, ma chère amie, lui dit-il hors de lui, j'ai un secret à te cacher. Il est affreux, épouvantable !... En ce moment M. Resnel était entré: — Mon ami, au nom du Ciel! quel est cet effroyable mystère!.... — Madame, lui dit son ami, Jules n'est plus !... — Ô mon Dieu! mon fils est mort ...., s'écrie-t-elle aussitôt! — Femme imprudente! tu as voulu le pénétrer !... sois donc satisfaite ! et tirant les fatales lettres de son sein : tiens, lis, abreuve ton cœur du fiel de la mort!... et en achevant ces mots, il fit un signe à M. Resnel et sortit de l'appartement de sa femme pour monter à cheval. En traversant le salon, il dit à la compagnie: par pitié, veillez sur Caroline, prenez soin de ses jours, elle est bien malheureuse !.... et, sans attendre de réponse, il sort avec la précipitation d'un homme qui craint d'être interrogé. Il se précipite sur son coursier, accompagné de M. Resnel seulement, et parcourt au grand galop l'espace de deux lieues sans s'arrêter.

Cependant Mad<sup>e</sup>. de Damoska s'était assise. Elle n'avait pu retenir son époux et ne pouvait parler. Les lettres du comte d'Al.... étaient dans sa main contractée par la douleur. Elle voit entrer ses filles, celles de M. Resnel, l'effroi sur le visage ; à cette image accablante, elle retrouve enfin la parole : Qui de vous, leur dit-elle d'une voix concentrée, se sent assez de courage pour me lire ces affreux papiers qui m'annoncent la mort.....!

A ce mot, elle s'évanouit; les cris et l'épouvante des assistans achevèrent de répandre le désordre, l'alarme et la consternation dans cette habitation naguères encore l'asile du repos, du calme et du bonheur.

A peine Caroline eut-elle repris connaissance qu'elle demanda ses papiers d'un ton ferme et qu'elle eut le courage d'en faire la lecture à haute voix.

Quel spectacle déchirant ! les maîtres et les valets pêle-mêle, à genoux près des siéges, étendus sur le parquet, ou la tête appuyée sur les tables et les autres meubles, et Made. de Damoska, assise sur son lit, paraissait un juge terrible qui va prononcer du haut de son siége la sentence d'un peuple tout entier.

Jamais l'infortunée mère du Capitaine n'avait cru qu'il fût possible à une femme de monter son courage à la hauteur d'une semblable circonstance.

Mais qui pourra décrire les tortures, les angoisses, les sanglots, les cris, le silence morne, les convulsions, le calme sombre dont tous les auditeurs sont tour à tour déchirés. Ces mères, ces amantes, ces sœurs et jusques aux pauvres domestiques, il n'y a pas un seul d'entre eux qui ne portât un sentiment d'amour, d'amitié, de respect ou de reconnaissance aux deux amis qu'ils ont à regretter.

Cependant Olympia, s'apercevant que Mad<sup>e</sup>. de Damoska recommençait à voix basse et d'un œil sec la lecture de ces affligeans détails, se relève la première, et venant se prosterner au pied de son lit : ô ma sensible mère, lui dit-elle avec cet accent touchant et religieux qui lui était naturel, ne sommes-nous pas tous frappés du coup qui vient de vous atteindre ! voulez-vous voir aussi expirer à vos pieds vos enfans, votre époux ?.... A ces mots, les papiers s'échappent des mains de Caroline, elle ne peut qu'élever ses mains sup-

pliantes vers le Ciel !. Qui nous se-
courra , continue la fille du comte
d'Al.... ; qui nous soutiendra , malheureux que nous sommes, si vous
persistez à vous abandonner à la
douleur qui vous accable!.... O ma
mère, ayez pitié de vos enfans !...
de votre époux!... Aussitôt, et d'un
mouvement spontané, tous les assistans se précipitent en gémissant sur
le lit de cette infortunée mère et
semblent vouloir arrêter son ame qui
paraissait prête à l'abandonner. Elle
n'entend plus que ce seul cri : notre
mère, ayez pitié de nous ! Emue
d'un tableau si touchant, ses bras
ne s'abaissent que pour les presser
tous sur son sein; ses yeux s'hu-
mectent, la nature seconde enfin ce
cœur généreux, elle pousse un profond cri de douleur en disant : ô
mon dieu ! et un torrent de larmes
vient mettre un terme à cette af-

freuse convulsion, à laquelle elle eût
peut-être succombé.

En ce moment le galop d'une ca-
valcade considérable et le bruit écla-
tant des fouets d'un grand nombre
de postillons suspendent un moment
les sanglots; mais la douleur est si
profonde que personne ne quitte
son attitude. Les domestiques ouvrent
cependant les rideaux des fenêtres
qui donnaient sur la cour d'entrée.
— Qu'y a-t-il, demande avec résignation Made. de Damoska ? — Madame, répondit l'un d'eux, je ne
vois encore que les gens de la poste
tout couverts de rubans et de ra-
meaux; un soldat invalide, après les
avoir alignés, leur commande quelque
chose. Ecoutons, dit une des sœurs
de Jules; et l'on entendit distincte-
ment cet ordre : ROULEMENT. Aussitôt un cliquetis épouvantable de fouets
de poste vient retentir dans tout le

château, et un instant après on entendit toutes les voix s'écrier : VIVE LE CAPITAINE ! VIVE LE CAPITAINE ! Et l'invalide, abandonnant son manteau, laisse reconnaître un hussard du régiment de Charles. Il s'empresse de monter les degrés de la maison en criant de toutes ses forces : VIVE LE CAPITAINE ! Il pénètre dans le salon sans discontinuer ses cris ; il n'y trouve personne, il avance jusque dans l'appartement de Mad^e. de Damoska. Frappé d'étonnement et de respect à la vue de la scène attendrissante dont il est le témoin, il porte à son bonnet le moignon de sa main gauche, car il avait perdu la main, et tenant une lettre dans la droite, il prononce ces paroles : Laquelle de vous, Mesdames, est la mère de mon capitaine, du capitaine Charles de Damoski? A ce nom, toutes les facultés semblent suspendues. Approchez , mon ami , lui dit Caroline d'une voix douce et émue. Le hussard s'avance et lui dit : Madame, j'ai annoncé au capitaine qu'avant de vous remettre cette lettre, je vous demanderais la permission de vous embrasser ; j'en suis peut-être indigne , mais ne refusez pas ce bonheur à un pauvre hussard qui , ne se donnant pas le tems de guérir, court jour et nuit depuis cinq jours pour vous annoncer le premier la bonne nouvelle de sa prochaine arrivée. — De mon fils !.... — Oui, Madame , et de Monsieur l'abbé Poulet! ils se portent assez bien , dieu merci , à quelques estafilades près. — Ciel ! ils seraient vivans ! — Ah ! mon Dieu oui, Madame ; il y a long-tems que tout le monde nous croit morts, mais ça ne nous empêche pas de boire ni de manger. — A ces mots , Caroline se précipite dans les bras du

hussard et ne peut plus s'en détacher. Au même instant, tous les
assistans se jettent sur lui, l'entourent, le caressent, le bénissent;
et le pauvre invalide, pressé de la
sorte, se mit à crier, en se débattant
et en pleurant, peut-être pour la
première fois de sa vie : ah ! cravache de Dieu ! laissez - moi donc,
laissez - moi ; pour cette fois - ci , vous
allez me faire mourir !..... Enfin ,
se relevant, il remit la lettre et dit
qu'il allait congédier son escorte. Il
sortit en criant : VIVE LE CAPITAINE!
Les domestiques se précipitèrent tous
à la fois sur ses pas pour l'accompagner, le servir et recevoir ses ordres,
comme s'il eût été le maître de la
maison.

Madame de Damoska s'étant hâtée
d'ouvrir la missive, elle y trouva ces
mots, qu'elle lut à l'assemblée.

De Bayonne, le.....

« Louez le Seigueur, familles res-

» pectables, vos enfans sont sauvés !
» C'est un pauvre curé de village
» qui a été l'instrument dont s'est
» servi la divine Providence pour ar-
» racher ces victimes de la guerre
» aux horreurs du trépas.

» J'ai désespéré long-tems de pou-
» voir vous donner ces consolantes
» nouvelles ; mais Dieu, qui a sans
» doute jeté sur vous et sur ces
» dignes enfans un regard de com-
» passion, après avoir béni mes
» soins, a exaucé mes prières ; et
» quoique très-faibles encore, ils
» sont hors de tout danger et ne
» perdront pas un seul instant pour
» rendre à vos cœurs pieux et bien-
» faisans le calme et les consolations
» dont ils doivent avoir besoin.

» J'ai voulu les accompagner jus-
» ques à nos frontières ; ils sont à
» l'abri de tous les périls. Je retourne
» à mon poste, et je ressens en ré-

» compense de mes peines, une sa-
» tisfaction qui fera mon bonheur
» jusqu'au moment où je descendrai
» dans le tombeau.

» Ne soyez pas surpris que la pré-
» sente lettre soit écrite en français:
» fils du chevalier V...., émigré, je
» suis toujours français au fond du
» cœur, et je rends grâces à Dieu
» d'avoir permis que je pusse, avant
» de mourir, être utile à des com-
» patriotes. (1)

» Vos enfans, hors d'état de vous
» écrire, ont cependant apposé leurs
» signatures au bas de la présente,
» quoique avec beaucoup de peine par
» l'effet de leurs nombreuses bles-
» sures.

» Je vous offre mes hommages
» respectueux et ma bénédiction.
     » D. FRANCISCO V.....,
        » *Curé de Coloma.* »

_____

(1) Historique.

» *P. S.* Le hussard Lapompe n'a
» jamais voulu souffrir que son ca-
» pitaine expédiât un autre que lui
» pour vous porter la présente ; et
» comme il a donné des preuves d'un
» dévouement si touchant à vos en-
» fans , ils n'ont pu résister à ses at-
» tendrissantes prières, quoique ses
» plaies ne soient pas encore bien
» cicatrisées. »

Les impressions terribles qu'avait
reçues Made. de Damoska, il n'y avait
encore qu'un moment, avaient laissé
dans son ame une empreinte de
tristesse si profonde qu'elle semblait n'oser sourire ni croire à tant
de bonheur. Elle demandait à toutes
ses amies si tout cela était bien vrai, et
les douces larmes de la joie semblaient
venir confirmer les nouvelles appor-
tées par *Lapompe.* Comme elle s'inquiétait de ne pas voir paraître son
mari, on lui dit qu'il ne tarderait pas à

revenir, qu'il était monté à cheval avec M. Resnel, et que, ne pouvant sans doute soutenir la vue de sa Caroline, il l'avait recommandée aux soins des deux familles.

Dépeindre l'ivresse et la joie délirante de cette intéressante jeunesse, qui venait de passer en une minute des horreurs du désespoir au comble du bonheur le plus inespéré, est au-dessus de mes forces ; mais il faut qu'une joie excessive soit difficile à supporter, car, à l'exception de *Lapompe*, qui conservait du sang-froid, on se serait imaginé que le château de Damoski était devenu l'asile des insensés. On riait, on pleurait, on s'embrassait, on levait les mains au Ciel, on courait dans tous les appartemens, on se prosternait pour rendre hommage à la Divinité.

Mad<sup>e</sup>. de Damoska, soutenue de sa famille, rentra dans son salon, où, tour à tour chacun fit une lecture, à haute voix, de la lettre du père Don Francisco.

Pour Lapompe, au milieu de la cour et tirant de ses poches des pièces d'argent qu'il distribuait avec largesse aux postillons, il avait rempli sa mission et ne s'inquiétait plus de l'avidité avec laquelle on entendrait tous les détails qu'il voudrait y ajouter encore. Il s'amusait à les faire aligner de nouveau, et ayant commandé un second *roulement*, et fait crier par trois fois Vive le Capitaine ! Vive l'Abbé Poulet ! il les renvoya tous fort contens de lui. En rentrant dans le salon, il fut enchanté d'y voir régner une joie un peu bruyante. A son aspect, il se fit un grand silence, comme si on eût voulu l'engager à parler ; mais avec la meilleure envie de satisfaire à la vive impatience de tous ceux qui l'entouraient,

il était incapable de faire un récit
avec ordre : un moyen sûr de lui
faire garder le silence, ou raconter
tout de travers, était de l'interroger,
parce qu'alors, voulant mettre de
la suite dans ses idées, il s'embrouil-
lait plus que jamais. Comme il en
avait assez dit à son arrivée pour
rendre à l'existence tant d'infortunés,
on se contenta de lui manifester un
vif plaisir de le recevoir. — Eh bien !
Mesdames, ( car ayant été tant de
fois embrassé par toutes, il lui semblait qu'il les connaissait depuis long-
tems ) comment trouvez-vous mon
idée des postillons ? Surtout, Lapompe, me dit le Capitaine, pas
de surprise au château, où peut-être
on nous croit morts ; fais beaucoup
de bruit en arrivant, et crie de bien
loin : VIVE LE CAPITAINE ! J'arrive
donc à la dernière poste. Ah ! les
chiens ! ont-ils la tête dûre ! Où est

le maître de poste ? Il se présente.
Combien avez-vous de postillons prêts
à marcher ? Huit, me dit-il. — Allons, un bidet pour chacun d'eux et
qu'on me suive. — Huit bidets pour
vous seul, êtes-vous fou ? — Fou ! ah !
cravache !.... ah ! Je vous demande
bien pardon, Mesdames, n'ai-je pas
juré ? — Non, non, lui répétèrent
toutes les voix. — Dites-le moi, je
vous en prie ; c'est qu'en partant
j'ai fait serment à M. l'Abbé de ne
plus jurer, dès que j'entrerais dans
la cour du château. Toute la compagnie s'étant empressée de le rassurer
encore, il continua de la sorte : —
Où diable en étais-je donc ! Ah ! à ce
coquin de maître de poste ! Quand
vous saurez pourquoi, vous verrez
si je suis fou. D'abord, ai-je dit,
en jetant une pièce de vingt francs
sur la table, qu'on aille m'acheter
des rubans de toutes les couleurs,

des bouquets ! Non , pas des bouquets, ce serait trop long , des rubans seulement. — Mais c'est donc pour une noce ? — Mieux que tout ça. Connaissez-vous le château de Damoski ? — Certainement. — Eh bien ! je vais annoncer que le fils de ce château, après avoir été tué, n'est pas mort. — Comment ! il n'est pas mort ? Ah ! mon Dieu , mon Dieu ! Oui, mon officier , vous allez être servi et de suite. Eh ! Jacques ! François ! Lamèche ! Enfin les voilà qui deviennent si fous qu'ils me prennent tous pour un officier. En achevant ces mots , sa vue se porte sur la fille du comte d'Al.... ; il reste frappé d'étonnement , et, laissant encore une fois son récit, il s'avance auprès d'elle, et portant son moignon à son bonnet : mais Dieu me pardonne , lui dit - il, je crois que c'est Mam'zelle Olympia ! Oh ! quel bonheur ! Mon Dieu !

que mon capitaine serait content
s'il....! Tenez, si je n'étais pas si
fatigué, je crois que je remonterais
à cheval pour aller lui porter cette
bonne nouvelle ! Mam'zelle , sauf le
respect que je dois à la compagnie,
voulez-vous permettre que je vous
embrasse ? et Olympia s'étant prêtée
à son désir, avec une gaieté presque
folle, il dit : Mesdames, il ne faut
pas que ça vous étonne, on est toujours bien aise de se retrouver, quand
on a fait campagne ensemble. Devant
une toute autre société, cette réflexion naïve aurait pu causer beaucoup d'embarras à l'amante de
Charles, mais elle ne fit qu'accroître
le plaisir et redoubler les ris. —
Voilà donc les bidets prêts, reprend
*Lapompe ;* nous mettons des rubans
à nos chevaux, à nos boutonnières ;
nous en mettons partout, et de la
verdure, rien n'y manque ! Je fais

monter les postillons, je les fais aligner, je les instruis de ce qu'ils devront faire, et nous voilà partis ventre à terre. Vous nous avez vus arriver ; vous avez vu le coup-d'œil, vous avez entendu les cris, les *vivat;* j'espère, Mesdames, que vous rendrez compte à mon capitaine qu'il n'y a pas eu de surprise, et qu'avant d'entrer dans le château on savait déjà ce que je venais annoncer ; mais, ajouta-t-il, ces maudits postillons ont la tête si dure et manœuvrent si mal qu'ils m'ont fait perdre une grande heure à leur apprendre leur service.

Toute la société lui fit les plus grands éloges sur son invention, dont il était si fier qu'il ne pouvait se lasser d'en parler. Il parut très-sensible à tous les complimens ; cependant chacun réfléchit en particulier sur la bizarrerie des événemens humains. Si Lapompe fût arrivé une heure

heure plutôt, que d'angoissés et de chagrins il eût épargnés à ces familles !

Lapompe demanda qu'on lui fît donner à boire et à manger, en jurant, sur tous les saints du Paradis, que depuis minuit il ne lui était rien entré dans le corps, suivant son expression. Lorsqu'on voulut connaître les causes d'une pareille abstinence, il répondit : Oh ! ça, c'est autre chose, je vous conterai ça plus tard ; c'est un serment que j'ai fait à Sabretache ; vous le connaissez bien, Mam'selle, dit-il à Olympia, c'est notre maréchal des logis, un brave garçon, mais quelquefois trop sévère. C'est celui-là qui regrette son bras droit ! mais on a été forcé de le lui couper.

On le fit passer dans la salle à manger où il trouva son couvert mis à une table chargée de plusieurs mets. En apercevant qu'on avait placé

Tome V. 9

devant lui une bouteille de vin, il dit à l'un des valets qui étaient derrière lui pour le servir : retire la moitié de ce vin-là. — Buvez, buvez, Monsieur le hussard, reprit le domestique. A ces mots, Lapompe se lève furieux : veux-tu faire ce que je te dis ? crois-tu , , si je voulais la boire en entier , que je te demanderais la permission ? ça ne te regarde pas , toi, c'est un serment que j'ai fait. Quand le capitaine sera ici , j'espère bien m'en dédommager ! Le valet fit à l'instant ce qui lui était ordonné, et reçut pour consigne de ne lui mettre jamais , à chacun de ses repas, qu'une demi-bouteille devant lui, ou bien qu'ils auraient affaire ensemble.

Madame de Damoska fut attendrie jusqu'aux larmes , lorsqu'on lui rapporta ce trait de retenue et de fidélité à sa parole de la part d'un homme peu habitué peut-être à modérer ses passions. Elle vit encore un sentiment d'attachement et de respect pour son fils dont elle fut pénétrée.

A peine Lapompe eut-il appaisé sa faim, que le sommeil s'empara de ses sens et qu'on fut obligé, en quelque sorte, de le transporter jusqu'à sa chambre où on le mit au lit.

Madame de Damoska éprouvait déjà de vives inquiétudes de ne pas voir revenir son mari ni aucun des gens qu'elle avait envoyés à sa recherche.

De son côté, M. de Damoski, après avoir couru les champs et les terres labourées, après avoir fatigué son cheval par l'exercice le plus violent, semblait ressentir quelque soulagement par l'effet de l'air et du mouvement.

Il éprouvait déjà le besoin de se rapprocher de sa Caroline. Quel de-

vait être l'état où elle se trouvait ?
Comment avait-elle pu supporter cette
déchirante lecture sans succomber !
Il regrettait de n'avoir pu se faire
suivre par un de ses gens, il l'eût
envoyé à la découverte avant de
rentrer. M. Resnel, qui avait oublié
ses propres douleurs pour prodiguer
des consolations à M. de Damoski,
lui proposa de détacher un jeune
pâtre qui se trouva près d'eux et qui
dépendait d'une de leurs fermes ; il
y consentit. M. Resnel descendit de
cheval et lui donna ses instructions.
Le jeune serviteur avait ordre de
pénétrer jusque dans le château et
d'examiner par lui-même, sous différens prétextes, la situation des personnes qui l'habitaient et surtout célle
de Made. de Damoska. Il partit comme un trait.... On lui avait donné
rendez-vous au bout de l'avenue du
château, où il devait rendre compte
de sa mission,

Le deux amis s'y rendirent lentement pour lui donner le tems. de
faire sa commission , en s'entretenant
de leurs craintes. Ils ne tardèrent
pas à voir revenir de loin leur émis-
saire qui courait à perdre haleine.
A peine lui eurent-ils donné le tems
de se remettre , que M. de Damoski
l'interrogea avec toute l'anxiété d'un
homme qui attend les nouvelles les
plus importantes. — Ma foi , notre
maître , dit le jeune homme avec
naïveté , ils rient , ils chantont , ils
dansont , ils batifolont comme des
bienheureux. — Que dis-tu , Paul ,
reprit M. Resnel avec surprise ? —
Par ma fine , Monsieur , je disons
ce que j'avons vu : les maîtres et les
valets , ils ont l'air d'être tous biau
contens, et notre bonne maîtresse n'est
pas morgué la dernière de la bande
à s'en donner. — Mais , répliqua M. de
Damoski , tu n'es donc pas entré ?

— Bah ! not' maître , je sommes entré partout , dans la grande pièce, dans la chambre de vot' femme, dans la cuisine , dans les écuries, ils sont tretous si contens qu'ils n'ont pas seulement plus fait d'attention à moi que si je n'étions pas une parsonne.

— Mais, Paul, tu déraisonnes, reprit M. Resnel ; ne te serais-tu pas trompé? ne serait-ce pas de la douleur que tu aurais pris pour de la joie ?

— Ma finte, Monsieur, à moins qu'on ne m'ait jeté un sort sur les yeux, tout ce que j'ai vu ressemble à de la joie comme deux gouttes d'eau , ils sautiont, s'embrassiont. — Ils s'embrassaient , dit le maître ? — Oh ! comme des pardus. Les deux amis, voyant qu'il était impossible d'en tirer d'autres réponses , le renvoyèrent à son parc, après lui avoir jeté quelques pièces de monnaie et prirent lentement le chemin du château. Ils

s'entretenaient de ce singulier événement, avec toutes les transes et
les craintes naturelles aux hommes
malheureux, lorsqu'ils virent venir
vers eux et à cheval l'un des domestiques du château, qui s'appro-
chant de son maître d'un air riant
et ouvert, en ôtant son chapeau :
Monsieur, Madame m'envoie vous
dire que vous vous prépariez à recevoir une nouvelle heureuse, inattendue, qui doit mettre fin à toutes
vos peines ; elle m'a défendu d'en
dire davantage, parce qu'elle se réserve le plaisir de vous l'apprendre.

Hélas ! telle est la fragilité de notre
chétive organisation, que l'excès du
bonheur est susceptible de la dé-
truire, comme l'excès contraire : ce
qu'avait été sur le point d'éprouver
Made. de Damoska, d'une manière
si funeste, l'avait décidée à prendre
ces précautions avec son mari. Le

domestique, après avoir laissé son
maître dans le plus profond étonnement, retourna au château, avec
toute la vitesse de son cheval, dans
la crainte d'être appelé et questionné.
— Quelle nouvelle, ô mon cher ami,
pourrait effacer nos chagrins, dit
avec un sourire amer, M. de Damoski à M. Resnel ! — Espérons toujours, répondit ce dernier. Lorsqu'ils furent arrivés assez près du
château pour reconnaître le mouvement des personnes qui traversaient
les cours, leur surprise redoubla en
voyant toutes les dames venir à leur
rencontre dans l'avenue, développ-
pant et agitant tout à la fois dans
l'air des mouchoirs blancs, en signe
de bonne nouvelle. — Mon cher
Resnel, comme le cœur me bat, dit
le père de Charles ! — Du courage,
ô mon ami ! le mien rayonne d'espérance. Quand Mad⁰. de Damoska,

fut assez près pour·être entendue,
elle les invita à mettre pied à terre;
ils descendirent et remirent leurs chevaux à des valets. Arrivée près de
lui : ô mon ami, dit-elle, soutiens-
moi dans tes bras, embrasse-moi,
ne meurs pas de joie, je t'en prie,
nos enfans sont vivans. — Caroline,
que dis-tu ? — La vérité, mon ami,
nous avions mal lu les lettres de M.
Duvernoy. — Quoi ! … et c'est sur
une nouvelle interprétation de ces
lettres que tu oses te livrer à la joie,
à l'espérance ? — Non, mon ami,
rassure-toi, j'ai des certitudes : un
hussard, arrivé en courrier, porteur
d'une lettre signée de Jules, signée
de Charles.… — Ma femme!.…
s'écria-t-il, en se précipitant dans ses
bras et versant un torrent de larmes
sur son sein.…. M. Resnel éprouva
les mêmes transports au milieu de
sa famille, et après les plus douces

TOME V.                          9*

étreintes et les plus tendres félicita-
tions, les trois familles rentrèrent
au château où l'on sempressa de
remettre au père de Charles la preuve
matérielle de l'existence de leurs enfans. A peine a-t-il lu cette missive
presque divine qu'il s'écrie d'une voix
forte et avec un transport de reconnaissance inexprimable : mes amis, à
genoux ! Il est obéi. Le silence et le
recueillement ont remplacé la joie
bruyante, et il improvise à haute
voix, avec le sentiment qui l'inspire,
la plus éloquente, la plus vive des actions de grâces qui aient jamais émané
de la bouche d'un père vertueux pour
s'élever au trône de la Divinité.

Bientôt tous ses enfans, ses amis
se jettent dans ses bras, et M. Resnel,
pour l'empêcher de se livrer trop
à sa sensibilité, lui dit en riant:
ô mon ami ! c'est pour le coup que
si Paul entrait en ce moment, il

croirait encore avoir un sort sur les
yeux. Cette heureuse plaisanterie
changea en gaieté vive les larmes
qu'il répandait. Il fit le récit de l'histoire de Paul ; on lui conta celle de
Lapompe, et jamais instans plus doux,
plus délicieux, ne se passèrent avec
plus de rapidité que ceux de cette
journée mémorable.

# CHAPITRE XXXIX.

M. de Damoski brûlait d'envie de voir le hussard invalide et d'apprendre de lui quelques détails sur les suites du terrible combat qu'avait soutenu son fils, avant de tomber sous les coups des ennemis. Comme il y avait vingt-deux heures que Lapompe s'était couché, le père de Charles entra dans sa chambre; il trouva notre hussard sur son séant, occupé à chercher du linge et de la charpie dans son porte-manteau pour panser sa blessure et jurant comme un malheureux contre lui-même, en se rappelant qu'il avait laissé ce qui en restait à l'avant-dernière poste où il s'était pansé. M. de Damoski se fit connaître en entrant comme le père de Charles. Lapompe le salua de suite du nom de colonel, parce qu'il se souvenait d'avoir entendu dire à son Capitaine que son père avait été colonel. Le maître de la maison ayant donné des ordres pour qu'on lui donnât sur-le-champ tout ce dont il avait besoin, lui dit qu'il l'attendait pour déjeûner ; que s'il voulait s'habiller, ces dames viendraient elles - mêmes panser sa blessure ; mais Lapompe ayant répondu qu'il ne fallait pas tant de façons pour cela, se fit apporter ce qui lui était nécessaire tant pour se panser que pour se présenter avec toute la décence et la propreté convenables à un militaire. Il avait pris un bain, s'était rasé de frais, avait peigné ses moustaches ; on avait nétoyé ses habits, sa ceinture, ses bottes, et il convenait que depuis plus d'une année, époque à laquelle il s'était baigné dans le Tage, il n'avait pas fait une toilette aussi complète.

Les dames l'accueillirent avec le
plus vif empressement et le plus
tendre intérêt ; il y répondit avec
aisance et se rendit de suite à l'invitation de M. de Damoski. Comme
on ne voulait rien perdre de son entretien , les dames apportèrent sans
affectation leur ouvrage et s'établi-
rent dans la salle à manger où le père
de Charles s'était promis de le faire
jaser. Il déjeûna d'abord avec tout
l'appétit d'un hussard de vingt-huit
ans, fort, bien constitué et qui n'avait
pas mangé depuis vingt-deux heures.
Il but avec une sobriété exemplaire.
M. de Damoski lui ayant demandé
s'il y avait long-tems qu'il connaissait son fils ; il répondit qu'il ne l'a-
vait pas quitté depuis son entrée en
Espagne, raconta l'histoire du cheval
andalous dompté par le Capitaine, et
comment Sabretache et lui avaient
pris l'Abbé pour une fille habillée en

garçon. Il n'oublia pas non plus l'histoire des caves, et s'accusa noblement d'avoir eu la lâcheté de manquer à son Capitaine, en s'enivrant dans un moment aussi dangereux. L'on juge si tous ces détails et l'originalité du narrateur amusèrent la société et lui firent éprouver d'agréables émotions, car, à travers sa brusque franchise, on ne pouvait s'empêcher d'être attendri de tous les traits de courage, de bonté, de générosité des deux héros dont il contait les aventures. M. Resnel surtout ne pouvait revenir de sa surprise, quand il entendait dire que M. l'Abbé connaissait tous les détails de la manœuvre et qu'il lui était arrivé souvent de commander la compagnie en l'absence du Capitaine; et que s'il avait voulu la conduire au feu un jour de bataille, toute la compagnie l'eût suivi avec confiance. Mais, ajoutait-il, il semblait qu'ils eussent chacun leur mission : l'un nous menait à l'ennemi, et l'autre nous en ramenait. Quand nous étions échinés, abîmés et désolés d'une part, nous étions soignés, secourus et consolés de l'autre. Tant il y a, ajouta-t-il, que je suis fort content que les anglais m'aient rendu manchot, car, après le départ du Capitaine et de l'Abbé, je serais crevé de chagrin comme un vieux mousqueton. C'est ainsi que M. de Damoski, en le laissant causer tout à son aise, sut l'amener à la dernière affaire où son fils avait été si dangereusement blessé qu'on l'avait cru mort dans son régiment.

Ma foi, mon colonel, répondit Lapompe, M. l'Abbé vous conterait cette histoire-là bien mieux que moi. — Dabord, il y a une bonne raison, c'est que je ne puis guères vous rendre compte de ce que je n'ai pas vu.

—Comment ? n'étiez-vous pas avec votre capitaine ?—Oui, mon colonel, j'y étais. — N'êtes-vous pas tombé en même tems que lui ? — Oui, mon colonel. — Vous étiez donc là quand on l'a relevé ? — Oui, mon colonel. — Vous savez nécessairement ce qui s'est passé ? — Nou, mon colonel, attendu que j'y étais et que je n'y étais pas. Comme il se frappa le front du bout du doigt en disant ces dernières paroles, M. de Damoski comprit qu'il voulait dire qu'il était alors privé de connaissance. — C'est cela même, mon colonel, dit Lapompe ; mais qu'importe ?... Au bout de quelques jours je me trouvai dans un bon lit, de bonnes religieuses à mes côtés et de bons bouillons ; Ah ! mais surtout, mon colonel, du vin.....! ah ! du vin......! Il faut rendre justice aux Espagnols, ils ont de bon vin. Enfin, à force de prendre de bon vin, de bons bouillons, un beau jour je me suis trouvé sur pied, mais avec ma main gauche de moins ; Sabre-tache avec son bras droit ; M. l'Abbé avec la moitié d'une oreille et onze coups de sabre, et mon Capitaine avec vingt-deux coups ; y compris trois coups de pointe et deux coups de feu qui n'ont pu parvenir à le tuer.

A ce récit, les dames firent toutes des cris d'effroi. Oh ! ne vous ef-frayez pas, reprit Lapompe, cela ne leur a presque pas changé les traits, car ils n'en ont reçu qu'une demi-douzaine à travers la figure. Je voudrais, moi, en avoir reçu cent et posséder encore ma main gauche au bout de mon bras ; mais ce qui est fait est fait, cela ne m'empêche pas d'avoir bon appétit. Je ne sais pas trop à quoi je serai bon, si je n'obtiens pas ma pension d'invalide.

M. de Damoski le rassura en lui

promettant de lui en faire obtenir
une meilleure qu'il ne pensait. Les
dames voulurent savoir s'il avait entendu quelques propos qui eussent
pu lui faire soupçonner que le Capitaine et l'Abbé savaient l'arrivée
d'Olympia et d'Inès dans sa famille.
— Non, répondit Lapompe, car on
lui avait écrit que ces Dames étaient
à Rome : ce qui leur a causé un
profond chagrin.

Le lendemain on reçut des lettres de nos blessés. Ils annonçaient
qu'ils étaient si pressés d'arriver au
château qu'ils marchaient une partie
de la nuit pour faire de plus longues
journées ; qu'ils traversaient la France
dans des litières portées par de bonnes
mules d'Espagne et qu'ils espéraient
être rendus à la fin du troisième
jour de la réception de cette lettre.
Jules y joignait une relation des événemens qui leur étaient arrivés depuis leur dernier combat.

Ces heureuses nouvelles redoublèrent la joie dans le château. Chacun s'y livrait sans réserve. Le cœur de nos deux jeunes espagnoles palpita d'amour et d'espérance : après tant de traverses, elles touchaient enfin au but de leurs désirs. M. de Damoski envoya différens courriers au-devant d'eux pour les prévenir de la présence d'Inès et d'Olympia au château, afin qu'une surprise trop subite ne compromît pas, en arrivant, leur vie qui venait d'éprouver des assauts si cruels.

On se hâta de se réunir au salon après le déjeûner, pour y entendre la lecture d'une relation qui les intéressait tous ; et M. de Damoski commença ainsi qu'il suit :

*RELATION des Evénemens qui nous sont arrivés depuis notre Combat de...., au pied des montagnes de* Cadescira, *sur les frontières du Portugal, province d'Estramadoure.*

———

CHARLES, après des prodiges inouïs d'une valeur qui, dans ce jour surtout, parut surnaturelle, après avoir combattu jusqu'à trois hommes à la fois, renversé deux officiers et blessé un grand nombre de soldats, fut obligé de céder au nombre. Enveloppé dans le même peloton que celui dont il faisait partie, je tombai le premier sous les pieds des chevaux, percé de coups : Charles ne tarda pas à éprouver le même sort. Tout annonce que notre régiment ne donna pas le tems à l'ennemi de nous piller, puisqu'on nous retrouva entourés de nos effets, de nos papiers, de notre argent et que nos montres même nous avaient été laissées.

Nous restâmes jusqu'au soir, sans connaissance, sur le champ de bataille, éloigné de toute habitation; nous y serions sans doute morts, épuisés par la perte de notre sang et engourdis par le froid de la nuit, si Dieu, dans sa bonté, n'eût envoyé à notre secours un ange de charité, de patience et de bonté.

Le bruit de la mousqueterie du combat que nous avions soutenu avait fait retentir les échos des montagnes, et fait vibrer dans le cœur du vertueux Don Francisco les cordes de la pitié. Accompagné d'un certain nombre d'hommes qui lui sont dévoués, munis de lanternes, de civières, de draps et de couvertures, il se met à la recherche du théâtre du combat. Après avoir marché près d'une heure

et demie dans les sinuosités de la
vallée étroite où se trouve située la
petite paroisse de Coloma, il arrive
sur la grande route, où après avoir
marché quelque tems, il reconnaît
à des débris de casques, de bonnets
d'hussards, d'armes brisées et de
chevaux morts ou mourans, la trace
qui doit le conduire au champ de
bataille. Il y arrive, et sur quarante
individus gisant à terre, il ne trouve
que trois anglais, dont un officier,
et quatre français, savoir : le Capitaine Charles, le maréchal des logis
Sabretache, Lapompe et moi qui
donnassions des signes d'existence.
Il nous fait placer sur les civières,
ordonne adroitement aux gens qu'il
commande de nous couvrir avec des
uniformes anglais, qu'il fait enlever
aux morts, et nous fait transporter à
son presbytère avec toutes les précautions qu'exigeait notre état.

A l'exception de nos portemanteaux et de ceux des anglais sauvés avec nous, qui furent religieusement respectés, le père Don Francisco n'avait pu s'empêcher de permettre aux espagnols venus avec lui de s'emparer de la dépouille des autres morts. C'était en quelque sorte le dédommagement de leurs peines et un droit d'aubaine exercé par tous les peuples; mais il avait exigé que tout ce qui serait enlevé fût déposé dans une chapelle attenant à son église pour qu'il fût procédé le lendemain au partage, d'une manière égale, entre tous les prétendans.

A peine fûmes-nous arrivés que notre bienfaiteur se hâta de nous faire dépouiller entièrement de nos habits et qu'il nous fit placer deux à deux dans des lits qu'on avait fait préparer dans la principale pièce de sa maison. Il fit mettre sous clef

tous

tous nos effets et nous livra aux soins du chirurgien d'un couvent voisin, homme plein de zèle, d'instruction, et qui avait servi autrefois dans la marine de Charles IV. Il avoua, après avoir vu la nature de nos blessures, qu'il désespérait de sauver aucun de nous ; mais il n'en passa pas moins une partie de la nuit à nous panser avec tout le zèle que Don Francisco avait su lui inspirer.

Cependant l'esprit des habitans n'étant nullement favorable aux français, notre sauveur eut soin de répandre partout le bruit que nous étions tous anglais. Il ne laissa auprès de nos lits que des uniformes de cette nation, et intéressa tellement en notre faveur les religieuses qu'il dirigeait que ces femmes consentirent à nous recevoir tous dans leur infirmerie, et nous y prodiguèrent les soins les plus généreux.

TOME V. 10

Ce ne fut que dans ce monastère
que nous recouvrâmes connaissance;
nous nous trouvâmes dans un tel état
de souffrance que nous désespérions
d'abord de survivre à nos blessures
et que nous fûmes sur le point de
regretter le charitable office qui
nous avait été rendu.

Le père Don Francisco venait
nous visiter tous les jours, assistait
à nos pansemens, nous encourageait
dans nos souffrances et nous livrait
ensuite à la tendre pitié des religieuses qui se privaient tour à tour
de leur sommeil pour nous veiller la
nuit, le chirurgien ayant déclaré
que les soins les plus suivis pouvaient
seuls nous sauver.

Charles fut le premier qui reconnut notre bienfaiteur pour ce
même et généreux hyéronimite qu'ils
avaient rencontré au pied du Gua-
darama, et qui les avait, par ses avis,

préservés de l'embuscade de l'Empecinado. Nous fûmes tous si attendris, si pénétrés de gratitude pour ce digne pasteur que, dans l'impossibilité où nous étions encore de nous bouger, même de parler, nous ne pûmes que répandre des larmes de plaisir et de reconnaissance.

Il nous raconta qu'après la suppression des couvens, après avoir erré quelque tems de province en province, comme maître d'école, il avait obtenu du nouvel évêque de Tolède, avec qui il avait été lié dans sa jeunesse, la petite cure villageoise de Colema, avec l'instante recommandation de ne jamais dire qu'il était d'origine française, l'exaspération étant portée dans certaines provinces à un tel degré qu'on avait assassiné les espagnols nés français jusqu'à la quatrième génération, (1)

_____

(1) Principalement en Murcie et à Valence.

et que plusieurs centaines de malades de la même nation avaient été brûlés dans leurs lits avec une barbarie dont les peuples les plus féroces n'avaient jamais donné d'exemple. Cependant, ajouta-t-il, quoique tous les hommes et surtout les malheureux soient mes frères, je soupirais toujours après l'heureuse occasion d'être utile de préférence à mes anciens compatriotes. Le Ciel a exaucé mes vœux en me mettant à même de vous secourir. Pourtant je vous recommande la plus grande circonspection : nous sommes retirés ici dans des montagnes où l'on ne connaît guères plus les anglais que les français, les habitans n'ayant jamais vu les uns ni les autres. Aussitôt que vous serez en état d'être transportés en France, je vous accompagnerai moi-même jusqu'aux frontières de cette ancienne patrie que je n'ai plus, hélas! l'espoir d'habiter, mais dont j'ai cependant conservé les plus tendres souvenirs.

Pendant plus de deux mois, nous ne pûmes guères faire usage que des yeux et de la langue. Mais comment vous peindre l'étonnement de l'officier anglais, quand nous pûmes nous lever un peu et nous envisager, de reconnaître dans Charles celui qui l'avait combattu avec tant de furie et qui lui avait fait voir de si près les portes du tombeau. Les braves de tous les pays conservent entre eux une estime profonde, quand ils se sont mesurés; ils ont peu d'efforts à faire pour se lier d'amitié : c'est ce qui arriva heureusement pour nous. Le capitaine Wallis ne cessait de faire l'éloge de son terrible adversaire, car il parlait assez facilement la langue française; il disait qu'il n'avait jamais vu joindre tant de force et d'adresse à autant de sang-froid et de courage.

Si tous les français se battaient comme vous , lui disait-il souvent, nous serions contraints à mettre un régiment sur pied pour réduire un seul de vos escadrons. Les deux capitaines se consolaient ensemble , et leur liaison devenait chaque jour plus intime.

Cependant comme nous avions conservé notre or , nous fûmes à même de reconnaître les soins de notre chirurgien , soins d'autant plus louables que, nous croyant peu de ressources, il s'était consacré au service pénible auquel l'assujétissait notre déplorable situation par un simple motif d'humanité. Sabretache avait eu le bras droit amputé au-dessous de l'épaule ; Lapompe la main gauche ; Charles et moi avions été réduits à subir les opérations les plus douloureuses, et nous commencions à peine à marcher dans notre salle que le chirurgien vint nous annoncer qu'une rumeur con-

sidérable agitait les paysans des villages environnans, qui, soupçonnant
que nous étions français, deman-
daient notre mort à grands cris; que
si nous n'avions pas eu le bonheur
d'être dans un asile inviolable à leurs
yeux, ils eussent assouvi déjà leur
rage sur nous.

Le père Don Francisco voulut en-
vain s'opposer à cette émeute, elle
devint si générale que les Magistrats
furent contraints de venir au monastère pour s'informer si nous étions
français. Le capitaine Wallis répondit
que nous étions tous de son régiment.
On lui fit signer sa déclaration dans
laquelle il donna à chacun de nous
des noms anglais. Après cet acte de
générosité, fait avec autant de simplicité que de dévouement, il dit
aux Magistrats : notre général sait
que nous sommes en ce couvent; si
vous êtes assez faibles pour ne pas

savoir contenir quelques factieux qui
n'ignorent pas que nous sommes anglais, mais qui ne cherchent qu'un
prétexte pour nous piller, tous les
villages de cette vallée seront brûlés
sans miséricorde et tous les habitans
pris seront pendus. En achevant ces
mots, il vomit en anglais une si
grande quantité d'imprécations contre ces Alcades de village que ceux-
ci, épouvantés, répondirent qu'ils
mourraient plutôt que de souffrir
qu'on leur fît aucun mal.

Don Francisco vint nous voir et
nous dit qu'on allait envoyer au quar-
tier-général anglais pour savoir si
nous appartenions en effet à cette
armée; mais qu'il avait pris toutes
ses mesures pour nous faire partir
la nuit suivante, attendu que le moins
qui pourrait nous arriver serait de
tomber au pouvoir des anglais.

Les religieuses nous prêtèrent leurs

manteaux de voyage et les mules de
leur maison. Elles ne voulurent accepter aucun gage de notre gratitude,
parce qu'elles étaient, disaient-elles,
assez riches pour n'en avoir pas
besoin. Nous nous mîmes en route
avec le lever de la lune, conduits
par des gens du couvent aux ordres
de notre digne bienfaiteur , et par
des chemins connus des muletiers
qui font la contrebande de province
à province. Notre généreux anglais
partit le même jour, de son côté, pour
rejoindre son armée qui n'était qu'à
peu de distance en Portugal. Nous
nous séparâmes de lui avec ce sentiment de regret qu'éprouvent à se
quitter les amis les plus tendres et
les plus vrais.

Nous arrivâmes à Tolède, après
vingt-deux jours de fatigue et de souffrances qui ne se peuvent décrire.
Hors d'état de servir de long-tems,

TOME V. 10*

nous demandâmes et obtînmes du général en chef un permis provisoire de rentrer en France. Durant le peu de jours que nous restâmes à nous reposer à Tolède, nous y fîmes faire deux brancards profonds, garnis de matelas, portés chacun sur deux mules. Ils nous ont mis à même de suivre toutes les escortes dont nous avons profité pour nous rendre à Bayonne, suivis par deux domestiques à cheval.

Le père Don Francisco a repris le chemin de sa cure par Tolède ; il y restera auprès de l'évêque jusqu'à ce qu'il ait reçu des nouvelles des religieuses sur l'esprit des habitans de ce pays où il ne reste qu'à regret.

Ce qui rend encore sa conduite envers nous plus sublime, c'est que, réduit à un état voisin du besoin, il n'a même jamais souffert que nous lui parlassions de notre reconnaissance.

J'ai cru apercevoir que, s'il pouvait rentrer en France avec quelque
certitude d'y être employé comme
simple vicaire d'une paroisse de village, il quitterait sans regret sa patrie
adoptive.

Nous sommes accompagnés par
notre maréchal des logis Sabretache,
homme plein de courage et d'honneur, et qui ne nous a pas quittés un
seul instant depuis notre entrée en
Espagne. Il semble que le Ciel ait
voulu nous conserver les deux hommes
qui nous ont témoigné le plus de
dévouement dans toutes les circonstances, en rappelant à la vie ces
deux braves qui n'ont jamais hésité à
la sacrifier pour conserver la nôtre,
et à qui il n'est jamais entré dans
l'idée de croire qu'ils eussent fait
en cela autre chose que leur devoir.

Nos souffrances physiques nous ont
été utiles en ce qu'elles nous ont

détournés de nos peines morales ; mais je crains que notre pauvre Charles, malgré tous mes efforts, ne finisse par y succomber de nouveau. Si vous pouviez connaître, comme nous, les objets de nos regrets éternels, vous plaindriez notre sort et seriez sensibles à nos maux.

*Fin de la Relation.*

Combien parut courte à l'assemblée cette lecture qui avait fait éprouver tant d'émotions diverses aux auditeurs ! et quel intérêt puissant inspira le bon curé Don Francisco ! C'est l'ame de Fénélon ; c'est le cœur de Saint-François-de-Sales ; c'est la piété réunie à la charité par la modestie et la simplicité !

L'on admira aussi le trait généreux de Wallis : il est bien digne de cette nation, quand elle est livrée à son impulsion naturelle.

Tous les préparatifs pour recevoir nos deux héros furent faits avec le zèle de l'amour et de l'amitié.

M. de Damoski ne put s'empêcher d'aller au-devant d'eux, aussitôt que son premier courrier vint lui annoncer qu'ils arrivaient. Lapompe l'accompagna, suivi de quelques domestiques. Les Dames se rendirent en calèche jusqu'à la première poste. Une ivresse générale s'empara de tous les cœurs aussitôt qu'on aperçut les brancards; et nos deux blessés entendirent à l'avance les cris de joie que faisait naître leur arrivée. Ils ne purent résister au besoin d'en rendre grâces au Ciel. Agenouillés dans leur litière, ils élevaient les mains au Ciel auquel ils adressaient leurs prières. Ce spectacle avait quelque chose de si attendrissant et de si religieux que les voyageurs et les gens de la campagne, accourus sur la route, se découvraient involontairement, comme s'ils eussent vu passer la châsse de quelque saint.

Made. de Damoska eut enfin le bonheur de presser sur son cœur cet enfant chéri à l'existence duquel toute sa vie semblait attachée.

L'arrivée de nos jeunes gens s'étant répandue dès la veille dans les villages environnans, à mesure qu'on se rapprochait de l'avenue du château, on vit une multitude de familles indigentes, jadis secourues par Charles et Jules, suivre le cortége en chantant des noëls et des cantiques. C'est avec cette pompe simple et intéressante qu'ils entrèrent dans l'avenue, où ils virent accourir à cheval les voisins et les amis de la famille, venant au-devant d'eux, et suivis des domestiques du château qui voulaient aussi participer à la joie commune, en avançant le plaisir de les revoir.

Le bonheur semblait avoir donné de nouvelles forces à nos héros. Ils supportèrent toutes les caresses dont ils furent comblés avec plus de courage qu'ils ne s'y étaient attendus eux-mêmes, après une série d'événemens aussi extraordinaires qu'imprévus et dont il était difficile, à travers tant d'obstacles, de dangers et de contrariétés, de prévoir l'heureuse issue.

Aussitôt que les premiers accès du plaisir de revoir ces deux amis furent appaisés, ce qui dura plusieurs jours de suite, tant on avait de peine à se persuader, en les voyant, que ce n'était pas un songe, Made. de Damoska fit agir ses amis pour obtenir des passeports pour le père Don Francisco, avec la faculté de se naturaliser en France, s'il le jugeait convenable. Made. de Damoska lui mandait qu'elle l'appelait, au nom de la reconnaissance et de l'amitié,

qu'elle voulait lui donner une cure
à vie ; que chacun de ses paroissiens
le considérerait comme de tendres
enfans regardent un bon père ; qu'on
ne lui faisait aucune condition d'intérêt, attendu que c'était à lui à les
régler à sa volonté. Charles et Jules
joignirent leurs sollicitations à celles
de Made. de Damoska, et le prévin-
rent qu'ils venaient d'envoyer à Bayonne un domestique de confiance,
chargé de l'attendre, afin de l'amener
en poste, attendu que sa présence
était indispensable à une cérémonie
dont les suites, faites sous ses auspices, ne pouvaient qu'être heureuses.

Ce premier devoir rempli, on écrivit également au comte d'Al...,
qu'Olympia avait déjà prévenu de la
résurrection de Charles et de Jules,
et on l'informa de l'heureux retour
de son gendre et de son ami, ainsi
que de la prochaine célébration de

leur mariage. On lui rappelait enfin qu'on lui avait offert en France un asile où il vivrait heureux et exempt des inquiétudes inséparables du tumulte des cours. Il n'y eut que Don Romualdo qui, voyant Jules bien rétabli, lui signifia un jour de ne plus penser à sa nièce. Jules désolé voulut connaître au moins les causes d'un ordre aussi cruel. — Oui, Monsieur, lui répondit l'oncle d'Inès, je vais vous les dire : c'est que votre père est un orgueilleux et que vous m'avez grandement l'air de lui ressembler. Jules lui demanda en quoi son père avait pu l'offenser? — Votre père, dit Don Romualdo, s'imagine, parce que vous avez six mille livres de rente viagère, que vous devez épouser une princesse et que ma nièce n'est pas digne de vous. — Le pauvre Jules ne pouvait concevoir que son père se fût oublié à ce point, et cherchait à l'excuser avec toute la chaleur d'un bon fils et d'un amant passionné. Mais Don Romualdo, l'interrompant, lui dit : tout cela est fort bien dit, Monsieur, je sais que vous ne manquez ni d'esprit ni d'éloquence ; mais je suis espagnol et fier comme les gens de ma nation : je veux un gendre qui n'ait rien, mais absolument rien ; je veux l'enrichir, devenir son bienfaiteur de mon vivant et encore après ma mort. Or, voilà ce que Monsieur votre père, dans son orgueil, ne voudra pas comprendre ; il faut donc, Monsieur, renoncer dès cet instant à Dona Inès, ou vous défaire de suite de votre rente en faveur de vos sœurs : vous tiendrez de ma nièce tout son amour et de moi toute votre fortune ; voilà mon dernier mot.

On sent bien que Monsieur, Madame de Damoska, Charles, Jules, Inès et Olympia parvinrent aisément

à vaincre tous les scrupules de M.
Resnel, qui eût pris sans dot l'amante
de Jules, et qui ne put se refuser
à accepter la fortune offerte à son
fils. Don Romualdo leur fit sur-le-
champ don de la moitié de son bien,
à condition pourtant qu'on voudrait
bien le souffrir, ainsi que sa femme,
dans la maison de leur gendre, condition qui fut acceptée avec transport.

Comme on réglait les intérêts de
chacun, on s'occupa aussi de ceux
de Sabretache et de Lapompe à qui
l'on fit accroire que, sur le compte
avantageux rendu au gouvernement
de leur bonne conduite, leur capitaine avait obtenu pour chacun d'eux
une pension de mille francs : conduite noble, généreuse, digne de
cette excellente famille qui craignait
de blesser la délicatesse des compa-
gnons d'armes de leurs enfans. Ces
braves militaires n'auraient pas cru

que leur amitié et leur dévouement pour leur capitaine fussent un motif suffisant pour accepter ce bienfait. Mais ils étaient fiers de pouvoir l'attribuer à leurs services. Ils sautaient, ils dansaient de plaisir, se promettant d'aller faire un tour à leur pays, après le mariage de Charles, et de venir ensuite s'établir près de ses terres afin d'avoir le plaisir de le voir plus souvent. Mad^c. de Damoska leur dit que s'ils voulaient se marier, elle connaissait deux filles charmantes, bonnes ménagères et qui auraient chacune une petite propriété dans laquelle, avec leurs pensions, ils vivraient heureux. Cette idée de mariage, nouvelle pour eux, les fit sourire. — Qu'en dis-tu, Sabretache, disait Lapompe ? — Et toi, mon fils? — Ma foi, mon garçon, ça me tente : le tems des bamboches est passé, et je crois qu'un mariage contracté sous

les auspices de la mère du capitaine
ne peut que nous convenir. — D'ailleurs, reprenait Sabretache, nous
serons voisins; nous viderons de tems
en tems la chopinette ensemble; nous
fumerons, nous causerons de nos campagnes. — Sans compter, reprit Lapompe, qu'il nous faut faire attention
qu'ayant chacun une main de moins
nous ne serons pas fâchés, en vieillis-
sant, d'avoir quelques bras à notre
service. Ils répondirent donc à Mad<sup>e</sup>.
de Damoska qu'ils ne pouvaient mieux
faire que d'imiter leur chef en tout;
que s'il les menait au bonheur comme
il les avait menés à la victoire, ils
étaient bien sûrs de mourir contens.
Caroline trouva que la reconnaissance inspirait quelquefois d'heureuses images aux hommes les moins
instruits; elle se promit de prendre
si bien ses mesures qu'ils n'eussent
jamais qu'à se féliciter d'avoir écouté

ses conseils. Elle avait reconnu, dans deux filles de l'un de ses fermiers, de ces sujets rares, même à la campagne, fraîches et assez jolies pour plaire : elles réunissaient la douceur et la gaieté à l'amour de l'ordre et du travail. Mad<sup>e</sup>. de Damoska sut encore assortir à chacun de nos deux hussards le caractère qui lui convenait le mieux ; et quand on leur eut désigné leurs futures , on les engagea à leur faire la cour et à paraître auprès d'elles assez intéressans pour obtenir leur aveu : car on voulait aussi qu'ils se rendissent dignes de leur bonheur et qu'ils s'habituassent aux égards et aux bons procédés envers celles qui devaient un jour être leurs compagnes. L'amour est un bon maître : il inspira si bien nos deux invalides que , pour mériter leur bonheur , ils devinrent en peu de tems des modèles de complaisance,

de galanterie et d'amour. On parvint
même à adoucir la brusquerie habi-
tuelle de leurs manières ; et les prétendues à leur tour, fières de leurs
conquêtes, quoiqu'un peu mutilées,
reconnurent que le soldat français,
après les campagnes les plus san-
glantes et les plus licencieuses, est
susceptible de revenir aux vertus
douces et paisibles d'un bon citoyen.

On reçut enfin la nouvelle de l'arrivée de Don Francisco, et la joie fut
à son comble. Tous ses amis allèrent
au-devant de lui : c'est assez dire qu'il
ne manqua personne des trois familles. Il reçut tant de marques d'une
amitié vive, d'une vénération touchante qu'il se crut au milieu des
siens.

Madame de Damoska le mit en
possession de la chapelle du château ;
d'un logement séparé, avec écurie,
colombier, jardin, en lui laissant la

faculté de vivre à sa manière, suivant ses habitudes, avec des domestiques à son choix. Un contrat de mille écus de rente viagère était attaché à sa cure; il trouva que c'était beaucoup trop pour un homme sans famille, défrayé au château de toutes ses dépenses; mais on lui dit qu'il trouverait toujours l'emploi de cet argent, avec un cœur comme le sien. Il fut chargé en outre de la distribution des sommes assez considérables que Mad⁰. de Damoska affectait, chaque année, au soulagement des pauvres des environs.

La chapelle de Don Francisco fut consacrée, pendant plusieurs jours, à des cérémonies pieuses, à des actions de grâces envers la Divinité, pour les faveurs inespérées dont elle avait comblé ces honnêtes familles. Les prières étaient pures, car le sentiment de la reconnaissance

sance dont les cœurs se sentaient pénétrés était vif et sincère.

M. de Damoski, toujours délicat et ingénieux dans sa gratitude pour ceux qui avaient été utiles à son fils, sut faire accepter à l'épouse de M. Duvernoy, en Languedoc, de riches présens qui jetèrent une sorte d'aisance dans la famille de cet homme respectable qui revint bientôt mutilé dans ses foyers et qui ne put méconnaître la main d'où s'étaient échappés ces gages d'estime et d'amitié.

Le colonel Marsais reçut les plus pressantes sollicitations de venir au château, quand les circonstances le ramèneraient à Paris; et l'Abbé lui fit le tableau enchanteur des plaisirs de la chasse et de la pêche auxquels il pourrait se livrer pendant les journées qui seraient toujours terminées par de brillantes parties d'échecs. Le père de Charles, qui le savait amateur,

envoya chez lui deux chevaux de prix,
six chiens de chasse de la plus grande
beauté et un nécessaire d'armes de
la manufacture de Versailles : car
il ne savait comment lui témoigner
sa reconnaissance des marques d'a-
mitié dont il avait comblé ses enfans
au régiment. Tous les hussards de la
compagnie de Charles qui avaient
servi sous ses ordres, et qui avaient
survécu au combat de Cadescira, re-
çurent chacun une haute-paie de
quinze francs par mois qui leur fut
exactement distribuée par le colonel,
qui, par amitié pour Charles, avait
bien voulu se charger d'en recevoir
le montant par semestre.

Charles et Jules étaient parfaitement rétablis. Ils se livraient, sous
les yeux de leurs parens, à ce sentiment délicieux qui avait failli coûter
la vie à Charles. Cet amant passionné
avait, en effet, éprouvé à l'armée

un accès de désespoir dont il ne voulut plus qu'on lui rappelât le souvenir.

Inès et Olympia voyaient luire l'aurore d'un bonheur qu'elles avaient cru prêt à leur échapper. Après avoir souvent pleuré ensemble et à l'écart, sur les malheurs qui les avaient menacées, elles se communiquaient les sensations délicieuses qui avaient succédé à leurs cruelles anxiétés. Elles ne poussaient plus que des soupirs d'amour. Les quatre amans se livraient sans contrainte aux épanchemens de leur tendresse : petites agaceries, badinages innocens, protestations d'un amour éternel, tout était mis en usage pour entretenir cette flamme pure et vive qui les embrasait. Les parens, loin de désapprouver leurs transports amoureux, semblaient prendre plaisir à les voir éclater. Olympia, que le chagrin avait un peu décolorée, reprenait insensiblement cet incarnat qui sied à la beauté comme à la rose : elle était plus belle que jamais ; et Charles se croyait le plus fortuné des hommes.

Inès, rendue à toute la plénitude de sa raison, avait recouvré cette aimable gaieté qui avait soutenu long-tems son courage et l'avait aidée à triompher des obstacles, sans cesse renaissans, qu'elle avait eus à sur-monter. Ce n'était plus à la vérité l'étourdie, l'inconséquente Inès; mais, naturellement joviale et folâtre, elle s'abandonnait, quoique avec retenue, à l'aimable légèreté de son caractère. Tout entière à Jules, au sein de sa nouvelle famille, près des excellens parens qui avaient soigné son enfance et dont elle était devenue la fille adoptive, elle n'avait plus rien à désirer. Son bonheur était au comble comme celui de son amant.

Rien ne pouvant plus s'opposer à

l'union de ces jeunes gens, dont les désirs et l'impatience se manifestaient chaque jour d'une manière quelquefois originale, tous les détails d'intérêt ayant été réglés, on arrêta le jour de leur mariage. Don Francisco y présida et ne put achever cette intéressante cérémonie sans verser un torrent de larmes par les souvenirs touchans qu'elle lui rappelait.

Sabretache et Lapompe furent mariés le même jour et par le même ministre. Des bienfaits furent répandus avec profusion dans tous les environs, pour célébrer cette fête de famille dont les réjouissances se prolongèrent long-tems encore dans le cœur des infortunés. Don Romualdo et son épouse se fixèrent dans le voisinage du château de leurs amis. Leur bonheur était de se visiter souvent, de se chérir et de se donner les plus touchantes preuves d'une amitié fondée sur une estime réciproque et sur l'exercice des plus touchantes vertus.

Tout annonçait que ces familles avaient atteint le plus haut degré de félicité auquel l'homme puisse prétendre, et cependant Made. de Damoska ne pouvait pas toujours retenir des soupirs étouffés qui s'échappaient de son cœur. Son mari insistant un jour pour en connaître la cause : — Peux-tu me le demander, lui répondit-elle avec bonté ? je désirerais, avant de mourir, que Dieu me fît la grâce de voir la fin de la tyrannie qui pèse sur la nation entière, et le retour d'un gouvernement légitime et paternel.

FIN DU CINQUIÈME ET DERNIER TOME.

# TABLE

Des Chapitres contenus dans le Cinquième Volume.

# TABLE

FIN DE LA TABLE DU CINQUIÈME ET DERNIER
VOLUME.

www.ingramcontent.com/pod-product-compliance
Lightning Source LLC
Chambersburg PA
CBHW061444030726
47503CB00005B/1566